Spurensuche

Spurensuche

Frühe Texte

JOKE FRERICHS

Bibliographische Informationen der Bibliothek:
Die Deutsche Bibliothek verzeichnet diese Publikation in der
Deutschen Nationalbibliographie; detaillierte Informationen sind im
Internet über http://dnb.ddb.de
 abrufbar.

© 2024 Joke Frerichs
Herstellung und Verlag: BoD – Books on Demand,
Norderstedt
ISBN 978-3758-3037-15

Inhalt

„Wahre Schätze habe ich beim Ausmisten gefunden. Deine Briefe, glühend vom Lebensgefühl der Liebe, aber auch Trauer über das Getrenntsein, bisweilen Zorn über die ‚Umstände'. Literatur und eigene literarische Versuche ziehen sich wie ein roter Faden durch; philosophische Erläuterungen und literaturtheoretische Aufzeichnungen – all das, was Dich damals so stark bewegte und was drohte, in den folgenden Jahren völlig verschüttet zu gehen."

(Petra)

„Wichtige Erkenntnisse sollten wir so formulieren, dass wir sie dem Anderen möglichst rein vortragen können. Da mich vor allem literarische Anregungen umtreiben, werde ich versuchen, sie in künstlerischer oder theoretischer Form festhalten, um Dich ständig einbeziehen zu können. Damit vermeiden wir Gefühle gegenseitiger Entfremdung.
Bei dem beiliegenden literarischen Versuch handelt es sich um eine Geschichte aus der Fabrik, in der ich versucht habe, meine Empfindungen mit der objektiven Wirklichkeit in Einklang zu bringen."

(Joke)

Prolog

Die nachfolgenden Texte entstanden im Zeitraum von 1966 – 1976. Es handelt sich überwiegend um unveröffentlichte Texte, die sich in Notizen, Exzerpten, Briefen oder Schreibversuchen erhalten haben. Sie zu veröffentlichen, bedurfte auf Seiten des Verfassers einer gewissen Überwindung, da es um sich erste Versuche handelte, sich im wissenschaftlichen, kulturellen und literarischen Umfeld zu orientieren. Insofern ist der Titel „Spurensuche" ganz wörtlich zu nehmen.

I. Literarische Fragmente

Der Tagträumer

Er saß nun schon eine ganze Weile und dämmerte vor sich hin. Eine unbestimmte Erwartung erfüllte ihn – ohne Richtung, voller Schwere – wie das Meer, dessen dumpfes Ächzen ihn einige Male aufblicken ließ. Manchmal stieg irgendeine Erinnerung in ihm auf, unbenennbar und doch vorhanden, nebelhafte Gebilde einer zeitlosen Ferne. Menschen und Ereignisse, deren Wirklichkeit nur in ihrer Endlichkeit erträglich schienen; Worte und Gesten, deren fragmentarischer Ausdruck Lüge und Wahrheit ununterscheidbar machten in schwindender Distanz. Ihm war, als müsse die Weite seiner Gedanken die ganze Menschheit umfassen und gleichsam forttragen aus der Enge bis hin ans Meer, wo Schwere und Weite Einhalt geboten. Die Zeit anhalten, um ihrer sicher zu sein, Warten, und sei es um des Glücks eines Augenblicks willen, darin lag allein ein notwendiger Sinn. Dabei kam kein Schmerz in ihm auf.

Wenn er nun an diese Zeit zurückdachte, erfüllte ihn Wehmut. Wie lange war das nun schon her. Eine vergessene Welt. Viele Ereignisse lasteten auf ihm. Er nahm sich viel zu Herzen. Wehrte sich. Dadurch entstand eine Kraft in ihm, der er nur schwer einen Namen geben konnte. Es war nicht nur ein starker Wille zu leben, sondern auch Auflehnung. Ein Trotzdem. Er glaubte zu spüren, dass er gebraucht wurde. Er sehnte sich nach etwas Unbestimmten. All diese Regungen waren nicht auf ein bestimmtes Ziel gerichtet. Sie existierten als eine Art Lebensenergie in ihm. Nie hätte er sich erlauben können, ernsthaft zu zweifeln. Und doch erfüllte ihn stets eine existentielle Angst. Was war es, auf das er zusteuerte. Eine bestimmte Herausforderung? Gar eine Berufung? Alles blieb unklar. Wie in Nebel getaucht. Aber es gab da etwas, für das er sich aufheben wollte. Schonen. Keineswegs war es ein Leben, wie er es um sich herum wahrnahm. Oft sehnte er sich nach Einsamkeit. Aber er war sich nicht sicher. Vielleicht rührte diese Sehnsucht von der Enge seines täglichen Daseins her. Was hätte er manchmal für ein eigenes Zimmer gegeben. Für einen Moment des Alleinseins. Darum riß er sich immer wieder von allem los. Machte lange Spaziergänge am Wasser. Sprach mit sich. Legte sich ins Gras und schaute in den Himmel. Las in den Wolken. Wollte wie sie

davonfliegen. Aber dann überkam ihn auch
das Erschrecken davor.

Oft gelang es ihm, gleichsam neben sich zu
stehen. Sich aus einer fernen Zeit zu
betrachten. Solche Momente bewahrte er in
seinem Gedächtnis: Die Milde der Luft. Den
Geruch des Grases. Die Weichheit des
Wassers. Wie war es, an nichts zu denken? So
frei würde er nie mehr sein. Das glaubte er
dann mit großer Bestimmtheit zu wissen. Und
wenn er jetzt daran zurückdachte, war es wohl
auch so gewesen.

Während er an all das dachte, spürte er, wie er
dieses Gefühl brauchte, weit auszuholen.
Darin bestand seine Freiheit. Er musste diese
Distanz zu sich und den Ereignissen finden.
Es war seine Art, sich zu vergewissern. Dann
erst beruhigte er sich allmählich. Aber es war
die Ruhe eines Fiebernden, den die
Erschöpfung überkommt Eine völlige Leere
erfasste ihn. Sie zu überwinden kostete ihn
viel. Oft war er nur noch müde. Diese Art
Müdigkeit überkam ihn mit solcher Intensität,
dass er zuweilen das Gefühl hatte, nie mehr
wach zu werden. Während er schlief, fühlte er
sich wie in einem Schutzraum. Immer war er
müde gewesen, so lang er sich erinnerte. Es
war eine Art Daseinsmüdigkeit, die ihn ständig

einholte. Aber dann war ihm wieder, als habe dies alles nichts mit ihm zu tun. Er empfand sich nicht selbst. Alles lief einfach ab ohne sein Zutun. Wie ein Film. So existierte er gleichsam noch einmal. Und sah sich dabei zu.

Danach wurde ihm allmählich leicht. Wie gleichgültig ihm jetzt alles war. Die Welt um ihn herum. Die Welt der Anderen. Sie verbreiteten eine hektische Betriebsamkeit. Wie Verzweifelte. Er spürte keinerlei Drang, es ihnen gleichzutun. Nichts von dem was sie taten, war wirklich von Belang. Er ließ alles auf sich zukommen. Alles würde sich irgendwie in den Lauf der Dinge fügen. Um ihn herum nur Unruhe. Alle vollzogen ihre täglichen Routinen. Sie hatten ihren festen Platz. Wussten wo sie hingehörten. Er dagegen war stets auf der Suche. In seinen Gedanken. In seinen Träumen.

Dabei wäre er zuweilen gern wie sie gewesen. Um dazu zu gehören. Da hatte er noch nicht durchschaut, was ihnen geschah. Doch war er stets zu sehr mit sich beschäftigt. In der Welt draußen ging ihm alles zu schnell. Er brauchte längere Anläufe. Auch schien ihm alles wie vorläufig. Beliebig wiederholbar. All das strengte ihn auf seltsame Weise an. Er spürte dann diesen Druck in sich aufsteigen. Irgendwann würde er sich losreißen müssen. Alles auf eine Karte setzen. Alles auf seine Art angehen. Dessen war er ganz sicher. Nur wie, wusste er nicht. Das schmerzte ihn. Alles schien ihm noch nicht genügend auf die Spitze getrieben. Daher reichte es noch zu keinem Entschluss.

Er erinnerte sich nun, wie er schon als Kind versucht hatte, die Zeit zu überwinden. Sie zu dehnen. Zuweilen gelang es ihm, sich fortzuträumen. Er vergaß alles, was ihn umgab. Es gab dann keine Grenzen mehr. Keine Zeit und keinen Raum. Meist war er gütig in seinen Träumen. Er ordnete die Dinge nach seinem Gustus. Dann war er nahezu glücklich. Er vermochte mit einer Intensität zu träumen, dass er oft das Gefühl hatte, alles schon einmal erlebt zu haben. Und wer sagte ihm, dass es nicht so war. Wer träumt, hat schon einmal geträumt. Immer schon.

Auf diese Weise vollzog er eine Art Erinnerungsarbeit. Und er versuchte, vieles in seinen Träumen vorwegzunehmen. Schon einmal probeweise zu erleben. Um sich gewissermaßen gegen alles vorab zu versichern. Das erlaubte ihm, Distanz zu den Dingen zu wahren. Er liebte keine

Überraschungen. Nichts hasste er mehr als Ereignisse, mit denen er nicht gerechnet hatte. Er war dann zu Reaktionen gezwungen, die er noch nicht durchgespielt hatte.

Es war eine Vorsichtsmaßnahme gegen etwaige Enttäuschungsmöglichkeiten. Dieses Verhalten teilte er mit den Katzen. Auch sie begeben sich niemals in Situationen, die sie nicht überschauen. Er liebte Katzen. Ihre Umsicht. Ihr Einzelgängertum. Die Behutsamkeit ihrer Bewegungen. Ihre Individualität. Ihre Weichheit. Sie hatten Charakter. Waren leise. Und wachsam. Und sie kannten den plötzlichen Tempowechsel.

So lebte er in einer Art Parallelwelt. Manchmal hatte er das Gefühl, er müsse sich seine Kraft einteilen. Für das, was kommen würde. Wenn er sich eines Tages losgerissen haben würde. Dann wieder kam es ihm vor, als fände sein wahres Leben noch gar nicht statt.

Er liebte die Vergangenheit mehr als die Zukunft. Man war ihrer sicherer. So schien es wenigstens. Vertiefte er sich aber in sie, verschwamm sie. Verlor ihre Umrisse. Er erinnerte sich an Gefühle. Gerüche. Gesichter. Gesten, Hände. Aber nur so ungefähr. Überdeckte alles mit großer Zärtlichkeit. Nahm das Grelle heraus. Versuchte alles zum Fließen zu bringen. In ein Gleichmaß. Bis

14

plötzlich ein Gedanke ihn durchzuckte. Eine Gefahr. Eine Scham. Dann brach das Vergangene wie ein Albtraum aus ihm hervor. Kam wieder an die Oberfläche. Ohne dass er dem Einhalt gebieten konnte. Er durchlebte alles erneut. Wie einen Fall ins Dunkle. Wo kein Ende absehbar war. Wo man jederzeit hart aufschlagen konnte. Diese Spannung marterte ihn. Hatte man auch die Vergangenheit noch nicht hinter sich?

Während er so vor sich hin sann, wurde ihm klar, wie sehr ihm die Welt abhanden gekommen war. Menschen hatten ihn oft enttäuscht. Vielleicht hatte er zu viel von ihnen erwartet. Oder geglaubt, sie verändern zu können. Er glaubte immer weniger an sie. Sie schienen mit allem überfordert. Durch dieses: „Macht Euch die Erde untertan", war der Lauf der Dinge von Beginn an falsch gelaufen. Sie hatten es zu wörtlich genommen. Zerstörten die Schöpfung. Wohin man nur sah. Überschätzten ihre Möglichkeiten. Sie beherrschten ja noch nicht einmal ihr eigenes Leben. Wollten sich über die Kreatur erheben. Deren Teil sie doch stets blieben. Wollten über den Tieren stehen. Die doch ihre Gefährten waren. Warum entglitten ihre Werke ihnen? Sie erkannten die Gefahren nicht. Oder zu spät. Es würde immer zu spät sein.

15

Er hatte auf all das auch keine Antwort. Dennoch schien ihm, es fehle der Menschheit an Ehrfurcht. Dieses eigentümliche, altmodische Wort flößte ihm Respekt ein. Er hatte es einmal unter einem verblassten Photo in der Zeitung gesehen. Es zeigte einen alten Mann, der als Arzt im Urwald wirkte. „Habt Ehrfurcht vor dem Leben", stand darunter. Er verstand den Sinn dieser Worte lange nicht. Und doch hatte ihre Schlichtheit ihn ergriffen. Weil sie alles einschlossen.

Über Dinge dieser Art dachte er lange nach. Versuchte so viel wie möglich davon zu verstehen. Manchmal wurde ihm alles dadurch nur noch rätselhafter. Er verstand dann die Welt immer weniger. Worauf steuerte das alles hin? Er spürte immer deutlicher, wie falsch alles konstruiert war. Allmählich zweifelte er an allem. Alles verkehrte sich auf diese Weise. Vieles von dem, was ihm vertraut gewesen war, kam ihm jetzt absurd vor. Der alltägliche Wahnsinn hatte sich tief in die Normalität eingelassen. Dessen wurde er gewiss. Wie konnte man so weiterleben wie bisher? Immer einfach so weiter. Wie konnte man das aushalten? Wie sehr musste man seine Sinne abstumpfen, um so zu existieren? Je mehr er über alles nachdachte, desto mehr verzweifelte er. Dabei klagte er niemanden an. Es gab keine Instanz, vor der man hätte Einspruch einlegen können. Die Menschheit als Ganzes war nicht fassbar.

Ihm war manchmal, als könnten die Menschen gerade diese Art von Wahrheit nicht ertragen. Denn es war doch eine Wahrheit, dass die Welt keinen erkennbaren Sinn hatte. Ihr Ursprung war unklar und ihr Ziel erst recht. Die größten Denker wussten auf diese Fragen keine Antwort. Weder die großen Religionsstifter noch die Naturwissenschaftler. Je mehr sie erforschten, je unklarer wurde alles. War alles Zufall? Notwendigkeit? Das schien auf das gleiche hinauszulaufen. Die großen Denksysteme waren wohl in sich in gewisser Weise stimmig. Aber den Lauf der Welt veränderten sie kaum. Nichts war vorhersehbar. Der kleinste Luftzug konnte alles zum Einsturz bringen. Scheinbar unumstößliche Glaubenssätze konnten schon morgen nichts mehr wert sein. Alles war unsicher. Mit dieser Einsicht zu leben fiel schwer.

Die meisten suchten in der Beschleunigung ihr Heil. Dabei wäre es notwendig gewesen, endlich Einhalt zu gebieten. Vielleicht spürten sie instinktiv die Vergänglichkeit und

Erbarmungswürdigkeit ihres Daseins. Und
konnten deshalb nicht innehalten. Hatten
nicht die Kraft dazu. Keinen Mut. Die Dinge zu
sehen, wie sie sind. Ihnen fehlte die Weisheit
des Mannes aus dem Urwald. Was nutzte all
das Wissen, wenn es der Menschheit nicht
zugutekam? Was war geworden aus den
großen Erfindungen? Aus der Eroberung
fremder Kontinente? Neuer Gestirne? Hatten
sie das Leben der Menschen besser gemacht?
Oft schien es ihm, dass all das Wissen die
Menschen nicht glücklicher gemacht hatte. Sie
kamen nicht hinter das Geheimnis der Natur.
Wussten wenig über die Entstehung des
Lebens. Gerade die kleinsten Dinge entzogen
sich ihrer Kenntnis. Über sie gab es nur
Mutmaßungen. Überhaupt war ihr Wissen zu
wenig handhabbar. Es hatte das Elend nicht
verringert. Nicht den Hunger beseitigt. Nicht
die Zerstörung der Natur verhindert. Im
Gegenteil. Ihre Werke entzogen sich mehr und
mehr ihrer Kontrolle. Und zeitigten
Wirkungen, deren sie kaum noch gewahr
wurden. Auch deshalb gab es kein
Entweichen. Und kein Zurück. Sich darüber
hinwegzutäuschen, war ihr größtes
Versäumnis. Indem sie das Tempo ihrer
Lebensabläufe erhöhten, entfernten sie sich
umso mehr von ihren Ursprüngen. Sie hatten
die Tugend verlernt, innezuhalten. Dem

Moment ihren Tribut zu zollen. Ihnen fehlte es an Demut vor der Kreatur. So konnten sie nicht glücklich werden.

All diese Einsichten breiteten sich nur allmählich in ihm aus. So beschloß er für sich, nicht länger mitzumachen. Recht eigentlich war es gar kein wirklicher Entschluss. Er entzog sich. Wandte sich ab.

Wenn er wieder einmal das Gefühl hatte, allein sein zu müssen, zog es ihn an eine bestimmte Stelle am Meer. Er wollte weit weg sein von allem. Er empfand dann intensiver. Das Meer schien ihm seine eigenen Stimmungen widerzuspiegeln. Manchmal war es dort aber auch nur einfach still. Das Wasser ruhte träge. Wie hingestreckt. Flaschengrüne Streifen. Von silbrig glitzernden Sonnenstrahlen überzogen. Vor sich hatte er den offenen Horizont. Der leise Atem des Meeres streifte und erfrischte ihn. Er fühlte sich dann gleich freier. Hier war das Ende. Er wurde vom Wind eingelullt. Vom Gemurmel des an- und abschwellenden Wassers. Er konnte wieder seinen Träumen nachhängen. Er war dann weit fort und kam erst wieder zu sich, wenn die Sonne sich verzogen hatte oder der Wind auffrischte. Der Anblick des Meeres hatte die Relation zwischen den Dingen wieder hergestellt. Alles Trennende schien überwunden. Er fühlte sich in diesem Moment verbunden mit allem. Das gleichförmige Ächzen des Wassers hatte ihn beruhigt. Das Meer blieb lange sein Vertrauter. Es war verschwiegen. Es hörte ihm zu. Es nahm seine Gedanken auf und mit sich fort.

(1968)

Die Kunst ist nicht
zu verstehen,
sie hinterlässt
Eindrücke.
(Benn)

Fabrik-Impressionen

G. war zufrieden mit sich. Ganz allmählich hatte er die Überzeugung gewonnen, dass es ihm nichts schaden könne, seine Erfahrungen durch eine neue Tätigkeit zu erweitern.

Er, der bisher in dem Glauben lebte, dass eine Sache bereits durch die Namensgebung verfügbar werde, da die Welt der Dinge im Wort konkrete Gestalt annähme und das eine durch die Vermittlung des anderen begriffen werden könne, war entschlossen, sich und damit die Grundlagen seiner bisherigen Existenz auf die Probe zu stellen. Er kannte die Bedingungen dieses Spiels aus Büchern und Berichten, hatte oft darüber nachgedacht und war – so glaubte er – bestens vorbereitet.

Auf dem Weg zu seiner neuen Wirkungsstätte erwog er noch einmal den praktischen Nutzen seines Entschlusses. Die neue Tätigkeit versprach einträglich zu werden, und das bedeutete Freiheit; Freiheit, um an die nächsten Vorhaben zu gehen. Er würde seiner Frau endlich das längst überfällige Geschenk kaufen können; vielleicht konnte man sich sogar einen kurzen Urlaub gönnen, von dem sie seit ihrer Verbindung immer geträumt hatten.

G. näherte sich der Fabrik, deren Umrisse sich bereits deutlich von der Umgebung abhoben. Die Straße, auf der er ging, zog sich ohne die geringste Abweichung bis zum Eingangstor hin, das durch hohe Pfeiler begrenzt wurde. Der ganze Komplex war von einer gitterartigen Umzäunung umgeben, die ihrerseits am obigen Ende in Stacheldraht überging.

G. gelangte ungehindert durch das Tor und öffnete eine beliebige Tür, die zu den Maschinenhallen führte. Eine Mischung aus Öl- und Schweißgeruch flutete ihm entgegen, und nur ganz kurz konnte er im grellen Licht, das ihn plötzlich blendete, einige huschende Schatten wahrnehmen, die von Menschen oder Maschinen herrühren mochten. G. hob zum Schutz seiner Augen die Hände und rührte sich vorerst nicht vom Fleck.

Erst allmählich gewöhnte er sich an die Lichtstrahler und ging vorsichtig auf einen Hochstand zu, auf der er eine Figur zu erkennen glaubte. Der Hochstand war, ohne mit dem Boden verbunden zu sein, an der Hallendecke befestigt und wurde offenbar von dort gesteuert. Als G. sich ihm näherte, hob er sich plötzlich ab und entschwand durch die Zwischendecke.

G. sah sich um, konnte aber keinen Menschen sehen. Obwohl er in seinem Rücken lautes Rufen vernahm, hatte er nicht den Mut, sich umzudrehen, da die Laute bei der geringsten Bewegung, die er machte, verstummten. Jetzt erst wurde ihm der ohrenbetäubende Lärm bewusst, der in der Halle herrschte.
G. stand eine ganze Weile, ohne sich zu einer Bewegung entschließen zu können, als die Berührung einer Hand auf seiner Schulter ihn herumfahren ließ. Er blickte in ein eigenartig verzerrtes Gesicht, das ihn ebenso fremd wie erschrocken ansah. Durch eine Handbewegung wurde ihm bedeutet, dass er auf einem Eisensitz platznehmen sollte. G. kam der Aufforderung nach, ohne auch nur einen Versuch zu machen, eine Frage zu stellen oder gar einen Einwand geltend zu machen. Er ließ sich vorsichtig auf dem Sitz

nieder und wartete. Endlich erkannte er einige
Gestalten, die neben oder auf den Maschinen
umherhuschten. Einige sahen erstaunt zu ihm
herüber und verschwanden bald wieder
zwischen den Anlagen.

Nach einer ganzen Weile zog ein Trupp
uniformierter Arbeiter an ihm vorüber, die auf
seltsame Weise seitlich oder nach vorn
gebückt gingen, sich nach jedem zweiten
Schritt ein wenig aufrichteten um dann erneut
überzukippen.
G. wollte sich gerade ein wenig aufrichten, als
der Sitz plötzlich nach hinten klappte und
langsam herunter gelassen wurde. G. hatte die
Knie vor das Gesicht gezogen und hielt sich
krampfhaft an einem Gestänge fest, das von
oben herunter hing. Nun sah er über sich den
Hochstand auftauchen, der sich langsam auf
ihn zu bewegte.
G. erhielt den Befehl, hinauf zu klettern und
gelangte in einen dunklen Raum. Er spürte,
dass der Hochstand sich abwechselnd auf und
ab bewegte. Mit der Zeit begann er, die
Bewegung mitzumachen und wurde nach etwa
einer halben Stunde auf dem Boden abgesetzt.
Hier empfingen ihn einige weißgekleidete
Gestalten, die ihn abschätzend betrachteten
und ihm dann eine Uniform überreichten.
Dabei fiel ihm auf, dass einigen von ihnen ein

oder mehrere Finger fehlten; wahrscheinlich eine Folge von Arbeitsunfällen an den Maschinen, deren Bedienung nicht ganz einfach war.

G. wurde angewiesen, sich umzuziehen und ließ sich kurz darauf in einen der wartenden Trupps einteilen.

Wie auf einen geheimen Befehl hin setzte sich der Trupp in Bewegung, ständig im gleichen Takt schwankend, bis die Stelle erreicht war, an der jeder seinen Arbeitsplatz zugeteilt bekam. Diese Vorführung wiederholte sich Tag für Tag, ohne dass man je wusste, an welchen Platz man gelangt war. G. gewöhnte sich schnell an diesen Rhythmus und vermeinte sogar, hin und wieder einen zustimmenden Blick zu erhalten.

Sobald er die Fabrik verließ, versuchte er wieder aufrecht zu gehen, bis er nach einigen Wochen auch nach der Arbeit seinen Arbeitsgang beibehielt. Seine Frau unternahm zwar einige Versuche, ihn zum Aufrechtgehen zu bewegen, bis auch sie einsah, dass G. sich nur durch ständige Übung an seinen Arbeitsgang gewöhnen konnte. Da ihm dies auf die Dauer mühelos gelang, wurde ihm eines Tages die erste Auszeichnung zuerkannt. Er durfte sich den rechten Daumen amputieren lassen, eine Anerkennung, die

einem nur zukam, wenn man nie beim
aufrechten Gang oder einer Unterhaltung
angetroffen wurde.

Nach und nach vergaß G. die Welt früherer
Wahrnehmung; die Welt der Dinge, die im
Wort zu Bildern erstanden waren, um sich so
über die bloße Notdurft zu erheben und er –
immerhin doch ein Mensch – vergaß die
Erfahrung, dass eine Sache durch das Wort
verfügbar wird.
(1968)

Charakterbilder: Don Quijote und Hamlet

Die Beschäftigung mit zwei so überaus konträren Charakteren der Weltliteratur führt zu der Frage, was deren Bedeutung für die heutige Zeit ausmacht. Cervantes und Shakespeare starben vor 400 Jahren fast am gleichen Tag. Auch ihre Figuren Don Quijote und Hamlet schufen sie etwa zur gleichen Zeit (1605 und 1602). Das macht es besonders reizvoll, beide Charaktere einander gegenüberzustellen. Sie repräsentieren verschiedene Seiten des erwachenden Subjekts der Moderne und dessen Auseinandersetzung mit Problemen der neuen Zeit.

Obwohl ein literarisches Werk von Bedeutung mehr ist als die bloße Widerspiegelung einer historischen Epoche, ist es nützlich, einen Blick auf die Zeit zu werfen, in der Cervantes und Shakespeare ihre Werke schufen. Es ist die Zeit – wie Georg Lukács in seiner *Theorie des Romans* schreibt – in der der Gott des Christentums die Welt zu verlassen beginnt und der Mensch eine neue Heimstatt für seine heimatlos gewordene Seele sucht. So erlebt Cervantes die Periode der letzten großen, verzweifelten Mystik; den Versuch einer Erneuerung der versinkenden christlichen Religion aus sich selbst. Die hieraus erwachsene politische Zielsetzung ist die eines christlichen Weltherrschaftsgedankens als einer Mission, die allen Menschen das Christentum als verbindende Idee der Gerechtigkeit und Freiheit bringen soll. Der spanische Herrscher Philipp der Zweite war von dieser fixen Idee besessen: der völligen Restauration des Katholizismus und der Ausbreitung des spanischen Absolutismus über die ganze Welt.

Es ist nahezu unbegreiflich, dass das spanische Volk diesem Gewaltherrscher die leidenschaftlichste Loyalität bewahrt hat. Dieser war gleichzeitig einer der großzügigsten und verständnisvollsten Förderer von Kunst und Wissenschaft. Nicht zuletzt die Literatur hat unter seinem Regime die merkwürdigsten Schöpfungen hervorgebracht – unter anderem Cervantes mit seinem unsterblichen Don Quijote. Wäre dieser nur eine einmalige, individuelle Gestalt geblieben – eine weitere, heldenhafte Rittergestalt etwa - man hätte sie über-sehen und längst vergessen. Aber Cervantes gelingt – ebenso wie Tirso de Molina mit seinem Drama Don Juan – die Gestaltung einer neuen literarischen Spezies: die künstlerische Zusammenfassung der Eigenschaften einer ganzen Nation.

Ursprünglich schien der Don Quijote lediglich zur Verspottung des zeitgenössischen, überaus verstiegenen Ritterromans und der zahlreichen Unarten des spanischen Hidalgos gedacht. Aber er ist weit mehr geworden: er wurde die Tragikomödie des menschlichen Idealismus schlechthin. Im Grunde ist

Don Quijote der ewige Typus des heroischen Individuums, das auf schmerzliche Weise erfahren muss, dass die Realität ihrem innersten Wesen nach immer enttäuscht, weil sie eigentlich das Unwirkliche ist. Daher versucht er, diese krude Realität zu ignorieren, sie einfach nicht anzuerkennen. So werden wir Zeugen eines verzweifelten, weil aussichtslosen Kampfes: Don Quijote wird der erste große Roman der Weltliteratur.

Dass sich in der Persönlichkeit Don Quijotes Charaktermerkmale herausbilden, wie sie für den Spanier seiner Herkunft typisch sind, ist durch die Erfahrung bedingt, dass die realen Möglichkeiten des spanischen Volkes den idealen Zielsetzungen, die sich unter Philipp II. herausbilden, in grotesker Weise entgegenstehen. Und obwohl die für kurze Zeit zu unerhörter Größe aufsteigende Nation eine von vornherein aussichtslose Mission führte und den immanenten Abstieg wohl spürte, bewahrte sie sich der tragischen Entwicklung gegenüber lässige Würde, Glaube, Ehre und Selbstgefühl.

Deshalb ist der spanische Niedergang, den Cervantes miterlebt, ein Schicksal gewesen, dem bei aller Tragik etwas beinahe Zufälliges anhaftet. Er war keineswegs nur mit Dekadenz verbunden und betraf das innerste Spaniertum kaum. Es ist, als wäre die Nation eines baldigen Aufschwungs gewiss gewesen

– als ritte hinter jedem Don Quijote sein Sancho Pansa.

So verkörpert sich in dem irrenden Ritter gleichsam das Wesen der spanischen Nation: dem Höchsten, Fernen nachstrebend; besessen von einer Mission; gläubig, fanatisch, genial und verrückt; Kreuzfahrer und Welteroberer; nobel, von grenzenloser Opferbereitschaft; der Wirklichkeit fremd und stets entfremdeter, aber doch größer als sie; einsam, rührend, zum Lachen, aber mehr noch zum Weinen. Und neben dem unsterblichen Illusionisten eine andere Wirklichkeit – die des sogenannten gesunden Menschenverstandes, verkörpert im plumpen Geschöpf des Bauern Sancho Pansa. Cervantes schildert den tiefsten, erschütterndsten Kontrast: aus all diesen Grotesken, derben Späßen und schmerzlichen Missgeschicken fügt er ein wunderbares Weltbild zusammen: etwas allgemein Menschliches und etwas spezifisch Spanisches.

~

Auch Shakespeare erlebt eine Epoche, in der England an der Schwelle zur Neuzeit steht und in der an die Stelle der verblassenden mittelalterlichen Lebensgewohnheiten und Vorstellungen noch keine neuen, verbindlichen Orientierungen getreten sind. Im Gegenteil: Den wirtschaftlichen und politischen Umwälzungen entspricht im geistigen und moralischen Bereich eine Krise ohnegleichen. Egon Friedell schildert in seiner *Kulturgeschichte der Neuzeit* diese Epoche wie folgt:

England ist während des sechzehnten Jahrhunderts von einem mittelalterlichen Kleinstaat zu einer modernen europäischen Großmacht emporgestiegen, nicht durch seine Herrscher, wie die loyale Legende berichtet, sondern trotz seiner Herrscher, die fast alle mittelmäßig und zum Teil niederträchtig waren ... Selbst Shakespeare hat in seiner bestellten Hofdichtung mit allen virtuosen Retuschen nicht vermocht, z.B. der Gestalt Heinrich des Achten etwas anderes als das Bild eines rohen und tückischen Despoten zu geben.

Nach dem Tode Heinrichs gibt es Versuche, mit brutalsten Mitteln die katholische Restauration zu betreiben. Es ist eine Zeit der grausamsten Reaktion. Mit der *großen Elisabeth* kommt schließlich eine zwar kluge und zielbewusste, aber maßlos eitle und egoistische Frau von skrupelloser Brutalität, kalter Hinterlistigkeit und scheinheiliger Prüderie an die Macht. Fünfundvierzig Jahre sollte diese Herrschaft dauern – eine Herrschaft voller moralischer Verantwortungslosigkeit und despotischer Gewalt. Trotz allem wird das sechzehnte Jahrhundert die erste große Glanzperiode in der Geschichte Englands. Handel, Gewerbe und Schiffahrt, Wissenschaft, Kunst und Literatur entwickeln sich zu überreicher Blüte. In London gibt es annähernd zwanzig stehende Theater. Es entstehen wohleingerichtete Schulen und sogar schon Vorläufer von Zeitungen. Die Durchschnittsbildung der Bevölkerung ist erstaunlich. Man singt, musiziert und liest römische Dichter und Philosophen – eine für diese Zeit bemerkenswerte Entwicklung.

Daneben aber koexistieren barbarische Umgangsformen im englischen Alltag, die an Drastik nichts zu wünschen übrig lassen. Friedell schreibt:

Der Mensch der sogenannten englischen Renaissance, die unter Elisabeth ihren Höhepunkt erreicht hat, ist eine Kreuzung aus einem zähen und umsichtigen Sachlichkeitsmenschen und einem wilden und tollkühnen Abenteurer. Der präzise Ausdruck dieser Geisteslage sind die merchants adventurers, raubritternde Kaufleute und Seefahrer, die zuerst auf eigene Faust, später durch königliche Privilegien unterstützt, die Küsten des fernen Ostens und Westens plünderten. Die großen Admirale, Weltumsegler, Eroberer und Kolonisatoren waren nichts anderes als Korsaren. Etwas ganz Ähnliches waren die Handelskompanien: konzessionierte Gesellschaften zur Ausbeutung überseeischer Länder. Schmuggel, Seeraub und Sklavenhandel stehen an der Wiege des englischen und des ganzen modernen Kapitalismus.

~

Die von Spanien ausgehende Erneuerung des Christentums findet in der Konfrontation mit England ihren Höhepunkt und mit der Vernichtung der spanischen Armada gleichzeitig ihren dramatischen Abschluss. England sieht in der Gegenreformation eine Bedrohung seines ureigenen Lebens und erlebt ein nationales Erwachen, das zu einem Wendepunkt der Weltgeschichte führt: aus einem entlegenen Vorposten des europäischen Kontinents wird ein neuer Mittelpunkt der Welt. Die einsetzenden englischen Kolonisationen mit ihren ökonomischen Zielsetzungen führen einen raschen Wandel der wirtschaftlichen Struktur herbei. Unter der Oberfläche dieser Umwälzungen jedoch spielt sich das Drama der Nation ab, aus dem Shakespeare die wesentlichen Motive seines Werkes schöpft: der klaffende Widerspruch zwischen den bis dahin gültigen religiösen Normen und der neuen, von bloßer Machtgier geleiteten irdischen Ordnung. Vom moralischen Standpunkt aus scheint diese Welt unrettbar verloren. Shakespeare sollte es vorbehalten sein, die geistige Tragödie dieser Epoche dichterisch zu gestalten. Dazu Friedell:

Er ist der kompletteste und intensivste Ausdruck seiner Zeit; er hat seine Zeit, obgleich sie die Quelle dieser Kraftwirkungen übersah, aufs gebieterischste

33

und nachhaltigste influenziert; aber am stärksten ist doch der Eindruck, daß er selbst hinter allen diesen Wechselbeziehungen als unergründliche einmalige Absurdität thront. Wollte man den Versuch wagen, das Wesen dieses unfaßbaren Menschen in einem einzigen Wort auszudrücken, so könnte man vielleicht sagen: er war der vollkommenste Schauspieler, der je gelebt hat. Er war der leidenschaftlichste und objektivste, hingegebenste und souveränste Charakterdarsteller der menschlichen Natur, aller ihrer Höhen und Niederungen, Flachheiten und Abgründe, Zartheiten und Bestialitäten, Träume, Taten und Widersprüche ... Er schreckt vor nichts zurück und bevorzugt nichts: denn alles ist ja nur eine Rolle, die möglichst glaubhaft und möglichst einprägsam vorgetäuscht werden will. Und wenn er eines Tages das ganze Repertoire der Menschheit heruntergespielt haben wird, dann wird er seine glitzernde Puppenbühne schließen, ins Dunkel der Nacht heraustreten und den Blicken der Zuschauer für immer entschwinden.

~

Die Helden der shakespeareschen Dramen erfüllen ein Schicksal, das durch die Widersprüche ihrer Zeit evoziert wird. Insbesondere *Hamlet*, ein reflektierender Melancholiker, spürt, dass eine ewig geglaubte Ordnung zerbrochen ist und jeden Sinn verloren hat. Während der Mensch im Rahmen festgefügter Ordnungssysteme Geborgenheit und Bestätigung findet, erlebt er jetzt einen Zustand der Auflösung und Sinnentleerung. Hamlet, der auf diese Entwicklungen überaus sensibel reagiert, verliert den Bezug zur Wirklichkeit und gerät nach und nach in eine lebensbedrohende Isolation, aus der kein Weg zurück möglich scheint. In diesem Zustand wird der festeste Glaube zum Wahnsinn, da der subjektiven Wahrnehmung keine objektive Wirklichkeit mehr entspricht.

Der Kampf des Individuums gegen die Niedertracht der äußeren Welt ist ein vergeblicher; zu mächtig sind die Widerstände, die sich seiner Selbstverwirklichung entgegenstellen. So nimmt das Drama seinen Lauf: Hamlet erleidet ein Schicksal, das von fremden Mächten diktiert wird – er ist nur noch Spielball von Kräften, die er weder beherrscht noch begreift. Sein Widerstand schwindet, indem er sich den fremden Einflüssen unterwirft. Am Ende bleiben Verzweiflung, Resignation, ja: Schicksalsergebenheit.

Und dennoch: bei aller vordergründigen Dramatik sind Shakespeares Dramen in erster Linie wirkliche *Spiele*: *Das macht sie so amüsant. In ihnen ist das ganze Dasein als Traum, als Maskerade oder, bitterer ausgedrückt, als Narrenhaus konzipiert. Taten sind Tollheit: dies ist die Kernweisheit aller seiner Dich-*

tungen, nicht bloß des Hamlet. Er hat einen ganzen Kosmos von Tatmenschen, eine ganze Zoologie dieser so varietätenreichen Spezies geschaffen; aber er belächelte und verachtete sie alle. Sein ganzes Leben war dem Drama, der Darstellung von Handlungen gewidmet: Abbilder menschlicher Taten zu malen, war der Sinn seiner Erdenmission; und er selbst fand alles Handeln sinnlos (Friedell).

Shakespeare erhebt sich über seine eigene Tätigkeit, und gerade das macht sein Genie aus. Seine Weltanschauung lässt sich in dem Ausspruch zusammenfassen, dass wir aus dem gleichen Stoff gemacht sind, aus dem auch unsere Träume bestehen. Darin liegt auch der Sinn seines Hamlet. Hamlet lässt seine Phantasie so intensiv ins Kraut schießen, dass er alles, was künftig erst geschehen soll, in seinen Träumen schon vorwegnimmt. Er reflektiert alles bis auf den Grund durch. Er ist Vor- und Nachdenker gleichermaßen; und indem er alles, was geschieht, bereits im voraus durchdacht hat, weiß er in dem Augenblick, wo es geschieht, gar nicht mehr, ob es sich um die Realität oder einen Traum handelt. Er träumt die Welt so realistisch, dass sie sich seiner gelebten Erfahrung entzieht.

Während der Held des Dramas mithin ein Schicksal erfüllt, sucht der Held des Romans den Sinn seines

Daseins in der tätigen Auseinandersetzung mit der Lebenswirklichkeit. Zunächst in der Form des Abenteuers. Der Held zieht aus, um sich selbst und seine Ansichten in der Konfrontation mit den realen Umständen zu prüfen. Er scheint das Subjekt seines eigenen Lebens zu sein.

~

Für Lukács ist die Form des Romans Ausdruck der *transzendentalen Obdachlosigkeit* des Menschen. Während der empirische Mensch in der gottverlassenen Welt nach Orientierung sucht, transformiert der Dichter ihn in die Idealform eines Subjekts, das sich aufmacht, das Leben zu meistern. In dieser ungeheuren Anmaßung, die immer schon den Keim des Scheiterns in sich birgt, liegen Tragik und Größe der handelnden Akteure dicht beieinander.

Im Roman konstruiert der Erzähler mit kühler und überlegener Chronistengebärde ein Subjekt, das zum Alleinherrscher seines Daseins aufzusteigen scheint. Voller Tatendrang, aber hin und wieder auch in Demut, schaut er auf die Welt und ihre Herausforderungen. Berauscht vom eigenen Tun, scheint sich ein Sinn im Dasein aufzutun, der ihn in stummes Erstaunen versetzt. Cervantes gelingt die Komposition eines Romans, in dem auf paradoxe

Weise heterogene und diskrete Bestandteile der Wirklichkeit zu einer immer wieder aufgekündigten Organik verschmelzen. Lukács sieht die *Ethik des Romans* in der schöpferischen Subjektivität seines Helden – ganz unabhängig davon, ob seinem Handeln nun der intendierte Erfolg beschieden ist oder nicht.

Geradezu paradigmatisch wird der geschilderte Sachverhalt in der Figur des Don Quijote vorgeführt. Don Quijote verfällt auf den seltsamen Gedanken, das längst der Vergangenheit anheimgefallene fahrende Rittertum zu neuem Leben zu erwecken und alle damit verbundenen Gefahren und Abenteuer zu bestehen. Er sieht seine Aufgabe in der Wiedergutmachung allen Unrechts, das der unterdrückten menschlichen Kreatur widerfahren ist.

In all seinen darauf folgenden Abenteuern erleidet er ausnahmslos Schiffbruch, was ihn dazu veranlasst, zunächst einmal auf sein Gut zurückzukehren und Kraft für einen erneuten Aufbruch zu sammeln. Von seinem zweiten Ausritt an begleitet ihn der Bauer *Sancho Pansa* als Schildknappe.

~

Aus der Vielzahl von Deutungen, die der Don Quijote erfahren hat, sticht jene von *Heinrich Heine* besonders hervor. Heine knüpft an die dialektische

Interpretation des Romans durch *Hegel* an. Während die *Romantiker* den ingeniösen Ritter mystifizierten, weil er angeblich eine vergangene Gesellschaftsform wieder zu beleben versuchte, weist Hegel in seinen *Vorlesungen über Ästhetik* auf die konkreten historischen Umstände hin, die dies gerade verunmöglichen:

Hat sich nun aber die gesetzliche Ordnung in ihrer prosaischen Gestalt vollständiger ausgebildet und ist sie das Übermächtige geworden, so tritt die abenteuernde Selbständigkeit ritterlicher Individuen außer Verhältnis und wird, wenn sie sich noch als das allein Gültige festhalten und im Sinne des Rittertums das Unrecht steuern, den Unterdrückten Hilfe leisten will, zu der Lächerlichkeit, in welcher uns Cervantes seinen Don Quijote vor Augen führt.

Auch eine *edle Natur* wie der Don Quijote muss nach Hegel trotz seines Mutes und Abenteurertums an den äußeren Verhältnissen scheitern, die seinen Handlungsintentionen zum Teil in grotesker Weise widersprechen.

Heine weist in seiner Weiterführung der Hegelschen Interpretation darauf hin, dass der satirische Roman des Cervantes sich nicht in der bloßen Kritik an der feudalen Gesellschaft erschöpft:

Indem er eine Satire schrieb, die den älteren (Ritter-) Roman zugrunde richtete, lieferte er selber wieder das Vorbild zu einer neuen Dichtungsart, die wir den modernen Roman nennen. So pflegen immer große Poeten zu verfahren: sie begründen zugleich etwas Neues, indem sie das Alte zerstören; sie negieren nie, ohne etwas zu bejahen. Cervantes stiftete den modernen Roman, indem er in den Ritterroman die getreue Schilderung der niederen Klassen einführte, indem er ihm das Volksleben beimischte.

Dabei geht es Cervantes nicht um eine romantische Verklärung dieses *Volkslebens*, sondern um die möglichst realistische Schilderung der Lebensverhältnisse der unteren Klassen. Die Bedeutung des Romans hängt demnach unmittelbar mit den veränderten gesellschaftlichen Verhältnissen zusammen: mit der Auflösung der Feudalgesellschaft und dem Verfall der ritterlichen Tugenden, denen der soziale Sinn abhanden gekommen ist. Nach Heine karikiert Cervantes nicht diejenigen, die für eine utopische Idee kämpfen; er verspottet vielmehr die, die angesichts veränderter gesellschaftlicher Verhältnisse an überholten Ideologien festhalten und versuchen, diese mit untauglichen Mitteln durch-zusetzen. Heine ist es, der als erster darauf verweist, dass Cervantes mit seinen Figuren Don Quijote und Sancho Pansa einen Doppelcharakter geschaffen hat, der es ihm ermöglicht, beide Gestalten in ihrer Wechselwirkung aufeinander darzustellen – was erheblich zur Konturierung der Charaktere beiträgt:

Wenn andere Schriftsteller, in deren Romanen der Held nur als einzelne Person durch die Welt zieht, zu Monologen, Briefen oder Tagebüchern ihre Zuflucht nehmen müssen, um die Gedanken und Empfindungen des Helden kundzugeben, so kann Cervantes überall einen natürlichen Dialog hervortreten lassen; und indem die eine Figur immer die Rede der andern parodiert, tritt die Intention des Dichters umso sichtbarer hervor. Vielfach nachgeahmt ward seitdem die Doppelfigur, die dem Roman des Cervantes eine so kunstvolle Natürlichkeit verleiht und aus deren Charakter, wie aus einem einzigen Kern, der ganze Roman sich entfaltet.

Auch Brecht sieht in den beiden Figuren nicht in erster Linie Gegenspieler, sondern sich ergänzende Exemplare: *In der Satire wird im allgemeinen darauf verzichtet, dem Typus, den sie verspottet, einen exemplarischen Typus entgegenzustellen, denn in dem Hohlspiegel, den sie aufstellt, um das zu Bekämpfende übertreibend herauszuarbeiten, würden positive Typen nicht der Verzerrung entgehen.*

Brecht selbst hat die *Herr-Knecht-Dialektik* in Abwandlung der Cervantinischen Archetypen in seiner Gestaltung des *Herrn Puntilla* und des *Knechts Matti* wieder aufgegriffen.

~

41

Es zeigt sich, dass jede Generation aus den Werken der Weltliteratur aufgrund eigener Erfahrungen ihre Schlüsse zieht. Das Werk Cervantes' nahm seinen Lauf als Parodie auf die falsche Romantik der Ritterromane und entwickelte sich mehr und mehr zur weitgespannten satirischen Kritik der geschichtlich überlebten Feudalgesellschaft. Nicht ihr allein gebührt der Spott des Dichters. Auch die aufkommende Bourgeoisiewelt, die keine Möglichkeit mehr lässt, ritterliche Tugenden wie Tapferkeit, Mut und Treue zu praktizieren, gerät in den Fokus der Kritik. Denn darin zeigt sich die ganze Größe des Cervantes: Er persifliert niemals die Absicht seines Helden Don Quijote, den Unterdrückten und Hilfsbedürftigen Beistand zu leisten, sondern immer nur dessen Versuch, dies mit untauglichen Mitteln am falschen Objekt zu verwirklichen.

Als Prototyp des Alten, Überlebten, mag der Don Quijote eine komische Figur abgeben; nicht aber als Träger utopisch-humanistischer Vorstellungen. Diese verleihen seinem Unterfangen zwar durchweg tragische Züge; dadurch aber gewinnt er die ungeteilte Sympathie der Mit- und Nachwelt. Seine humane Gesinnung und sein aufrechtes Bemühen stehen außerhalb jeder Kritik.

Wenn wir weiter oben ausgeführt haben, dass die Charaktere Don Quijotes und Sancho Pansas, dadurch, dass Cervantes sie ständig miteinander konfrontiert, an Kontur gewinnen, so ist dies nur ein Motiv des Dichters. Um zu zeigen, dass die Ideologie des Rittertums ausgedient hat und die ritterlichen Tugenden in der kruden Alltagsrealität keine Entsprechung mehr haben, bedarf es eines Repräsentanten des Realitätsprinzips mit eigener Statur. So verkörpert die Figur Sancho Pansas nicht nur *plumpe Volkstümlichkeit* (Thomas Mann); gleichzeitig steht sie für einen neuen gesellschaftlichen Typ, der sich dem sogenannten gesunden Menschenverstand und einer erstaunlichen Portion an berechnender Schläue verdankt. Bei-spielhaft zeigt sich dies an folgendem Dialog:

Don Quijote: ... die Gnaden und Wohltaten, die ich Euch versprochen, werden zu ihrer Zeit eintreten und treten sie nicht ein, so kann wenigstens der Gehalt nicht verlorengehen, wie ich Euch schon einmal gesagt habe.
Sancho Pansa: Alles ist ganz gut, wie Euer Gnaden spricht, aber ich möchte doch gern wissen – wenn vielleicht die Zeit der Gnaden nicht eintritt und ich also zum Gehalte meine Zuflucht nehmen muß –, wieviel der Stallmeister eines irrenden Ritters in jenen Zeiten verdiente und ob sie sich monatlich oder

43

*tageweise, wie die Handlanger bei den Maurer-
gesellen, verdungen.*
*Don Quijote: Ich glaube nicht, daß dergleichen
Stallmeister jemals für Gehalt gedient haben, gewiß
immer nur für Gnade ...*

An solchen Stellen wird der gesellschaftliche
Hintergrund des Romans besonders deutlich: Der in
seiner Scheinwelt befangene Don Quijote macht
seine Versprechungen im Hinblick auf eine Zukunft,
die keine ist. Wohingegen Sancho Pansa bereits
Ansätze eines Bewusstseins von Lohnabhängigkeit
durchblicken lässt. Daran zeigt sich, dass der Übergang von der ständischen Feudalordnung zur
modernen Klassengesellschaft in vollem Gange ist;
und damit die Umwandlung der patriarchalischen
Beziehungen zwischen Ritter und Knappen in ein
kapitalistisches Lohnverhältnis.

Dass Sancho Pansa dieser gesellschaftliche Wandel
noch nicht wirklich bewusst ist; er vielmehr immer
wieder in feudale Wertvorstellungen zurückfällt,
zeigt eine andere Stelle:

*Wenn ich klug wäre, so wäre ich schon längst von
meinem Herrn gegangen; aber das ist nun einmal
mein Schicksal und mein Verhängnis. Ich kann nicht
anders, ich muß ihm folgen; wir sind aus einem Dorfe;*

ich habe sein Brot gegessen; ich bin ihm gut, er ist mir gut; er hat mir seine Füllen gegeben; und was das wichtigste ist, ich bin treu, und also ist es unmöglich, daß uns ein anderer scheiden sollte als der mit der Sense.

Es ist diese Treue, die uns an der Figur Sanchos besticht, ja rührt. Er ist der Bodenständige, der einfache Mann des Volkes. Es hat Phasen in der Literaturgeschichte gegeben, da wurde Sancho in seiner Bedeutung dem Don Quijote gleichgestellt; in der Romantik z.B., die vom unverdorbenen Volksleben schwärmte und dieses in gewisser Weise mystifizierte. Für die Romantiker z.B. verkörpert Sancho den Gegensatz zum weltfremden Idealismus seines Herrn. Aber dieses unverdorbene Volksleben gab es wohl lediglich in der Vorstellung der Romantiker, doch nie wirklich. Wenn man will, kann man Cervantes so verstehen, dass er die Inadäquatheit von Bewusstseinsformen und gesellschaftlicher Wirklichkeit darstellen will. Er zeigt, dass die Befreiung des Bewusstseins aus traditionellen Vorstellungen und Gewohnheiten ein widersprüchlicher Prozess ist. Sancho bleibt ganz den traditionellen Werten verhaftet, während Don Quijote der sich in Stagnation befindlichen Gesellschaft Postulate wie Freiheit und menschliche Würde entgegensetzt. Nie hat Cervantes diese ad absurdum führen wollen oder lächerlich gemacht; er zeigt lediglich, dass die

Methoden, die Don Quijote zu ihrer Realisierung anwendet, untauglich sind. Es wäre ein grobes Missverständnis, wenn die unfreiwillige Komik, die Don Quijote mit jeder seiner Handlungen auslöst, die tiefer liegende Bedeutung des Romans vollends verdecken würde.

So sind auch die Zweifel, die Sancho Pansa den seltsamen Handlungen seines Herrn gegenüber äußert, fast immer rein pragmatischer, nie prinzipieller Natur. Es fehlt ihm jegliches Verständnis für die Dramatik der gesellschaftlichen Situation. Sancho Pansa ist ein typischer Repräsentant des Realitätsprinzips; ein Sinnbild der Anpassung, ja des Opportunismus; ein Vertreter des Status quo. Einer von denen, die nur glauben, was sie anfassen oder schmecken können. Der stets auf seinen Vorteil bedacht ist und alles danach abwägt, ob ihm etwas nützt oder schadet. Ein Vorläufer des Homo oeconomicus; gepaart mit einer Portion Fatalismus.

Cervantes zeigt, dass die Befreiung des Bewusstseins aus den Fesseln mittelalterlicher Denkkategorien ein langwieriger und komplizierter Prozess ist, der von Widersprüchen gekennzeichnet ist. Vorstellungen und Gewohnheiten lassen sich nicht mit einem Male und ohne tiefgreifende innere Konflikte überwinden. Mit seiner wirklichkeitsgetreuen Schilderung vom Alltagsleben des spanischen Volkes gelingt es ihm, die Diskrepanz von überholten Idealen und wirklichem Leben aufzuzeigen und diesen die Postulate von Freiheit und menschlicher Würde entgegenzustellen. Gerade in dem Hinausweisen über den Status quo zeigt sich das Wesen großer Kunst.

~

Wie für Cervantes, gilt dies gleichermaßen für Shakespeare. Sicher und selbstbewusst ragt sein Geist aus den Wirren der gesellschaftlichen Umwälzungen seiner Zeit heraus, denen er sich gegenüber sieht. England steht an der Schwelle vom alten, lebensfrohen Inseldasein zur weltoffenen Großmacht mit ihren diversen Herausforderungen. Die Charaktere der Shakespeareschen Dramen repräsentieren die Zerrissenheit zwischen tradierten Tugenden und den Verlockungen der Neuzeit: *Treue und Ritterlichkeit* werden abgelöst durch das Streben nach *Macht und Reichtum.*

Mit seinem *Hamlet* entwickelt Shakespeare das grüblerische, melancholische, widerspruchsvolle Wesen des erwachenden Subjekts der Moderne. Vielleicht wäre von daher eher Hamlet als Gegenpart des Don Quijote anzusehen. Hamlet ist ein Zweifler aus Prinzip. Er lebt, ähnlich wie Don Quijote, zunehmend isoliert in einem geschlossenen Universum; er ist der Welt überdrüssig; sie ist ihm ein wüster Garten, in dem verworfenes Unkraut wächst. Ihm ist alles ekel, schal, flach und unersprießlich. Hamlet ist zu keiner Handlung mehr fähig, nicht weil ihm der Mut fehlt, sondern weil er jegliches Handeln für sinnlos erachtet. Seine Distanz zur ihn umgebenden Lebenswelt ist zu groß geworden. Er kann sie auch durch eine Art höheren Bewusstseins nicht überbrücken. Jeder Ausweg ist ihm verschlossen; ihm bleibt nur der Selbstmord oder die Flucht in den Wahnsinn.

Im Unterschied zum Roman geht es dem *Drama* nicht um eine ausdifferenzierte *Charakterbeschreibung* und die *nachträglich summierbare Wesensanalyse* des Helden. Im Drama kommt es nach Lukács darauf an, *wie sich der Charakter in der kurzen Daseinsspanne und vorgegebenen Lage von Szene zu Szene allmählich enthüllt, aus dem Gegenspiel der übrigen Personen seine Konturen gewinnt, sich in dramatische Handlung umsetzt, jedoch nie in seiner Vollständigkeit, sondern lediglich in Einzelmomenten aufeinander folgender Situationen vor uns hintritt.*

~

Es gibt wohl nur wenige Gestalten der Weltliteratur, die eine so verschiedenartige und widerspruchsvolle Deutung erfahren haben, wie der Don Quijote des Cervantes und Shakespeares Hamlet. Jede Zeit hat in der Problematik dieser Werke eine Darstellung der sie selbst bewegenden Ideen gesehen – und gerade darin besteht ja die überzeitliche Wirkung beider Werke.

Einige der Interpretationen des Don Quijote haben wir bereits angedeutet. Interessant ist eine weitere Deutung *Unamunos,* der in Cervantes das typische Beispiel eines sich der Tragweite seiner Werkes unbewussten Künstlers sieht. Das mag teilweise stimmen und stimmt sicherlich für alle große Literatur zu allen Zeiten. Deren Größe zeigt sich ja nicht darin, dass sie die Umrisse einer neuen Gesellschaft schon bis ins Detail ausmalt. Vielmehr kann ihre eigentliche Bedeutung darin gesehen werden, dass überhaupt ein Gespür für gesellschaftliche Umbrüche entwickelt und die dargestellten Charaktere diese Veränderungen hinreichend repräsentieren. Das ist Cervantes mit dem Don Quijote in genialer Weise gelungen.

Auch Shakespeare versteht es, mit der Figur des Hamlet einen komplexen und rätselhaften Charakter darzustellen. Daher verwundert es nicht, dass auch hier die Deutungsversuche erheblich changieren: zwischen Goethes Diktum, wonach der Hamlet ein *schönes, reines, edles und höchst moralisches Wesen aufweist, dem eine Tat auf die Seele gelegt wurde, der er nicht gewachsen war,* bis hin zu jenen Deutungen, die im Hamlet einen *Geisteskranken,* einen *Feigling* oder gar einen *Revolutionär* sehen möchten.

Angesichts der widersprüchlichen Deutungen ist man geneigt, sich jenem Shakespeare-Forscher anzuschließen, der nach der Lektüre von über zwanzig Hamlet-Kommentaren verzweifelt ausrief, er habe immer noch nichts über Hamlet erfahren und daher beschlossen, sich an den Text zu halten.

In der Tat hat Shakespeare wohl keinen Charakter geschaffen, der so vieldeutig und undurchsichtig ist wie der Hamlets. Eine Festlegung auf ganz bestimmte Charaktermerkmale scheint von daher unangebracht. Gleichwohl lassen sich – gerade in der Konfrontation mit Verhaltensweisen des Don Quijote – einige typische Merkmale der Persönlichkeit Hamlets herausdestillieren:

Shakespeare entwickelt mit der Figur des Hamlet den Charakter eines Menschen, der zwischen den Zeiten steht. In ihm widerstreiten Elemente mittelalterlichen Denkens sowie das Streben nach absoluter Geltung ethischer Werte mit modernen Ideen, wie sie aus der Renaissance hervorgegangen sind und die neue Maßstäbe für das sittliche Verhalten des Menschen setzen. Zu denken ist hierbei an Werte wie Individualität, subjektive Verantwortlichkeit, Selbstreflexivität und Orientierung auf Diesseitigkeit – im Unterschied zur religiös dominierten Weltsicht vergangener Epochen.

Während Don Quijote in einer hermetisch abgeschlossenen Scheinwelt agiert, ist sich Hamlet zumindest zeitweise darüber bewusst, dass die ihn beeinflussenden Wertvorstellungen der alten und neuen Zeit in ihm nicht zum Ausgleich kommen. Daher seine Unentschiedenheit, seine Melancholie, sein Zweifel, sein Defätismus, seine Unfähigkeit zum Handeln.

Bereits im ersten Monolog spricht er vom Treiben dieser Welt, das ihm *ekel, schal, flach und unersprießlich* erscheint; von einem *wüsten Garten, in dem verworfenes Unkraut wächst.*

Seine überaus pessimistische Weltsicht steigert sich bis zum Lebensüberdruss. Er fühlt sich unverstanden von seiner Umwelt und folglich zunehmend entfremdet und isoliert. Um dieser Situation zu entrinnen, nimmt er ein *sonderbares Wesen* an und flüchtet sich in die Rolle des Wahnsinnigen. Doch diese *Tollheit hat Methode.* Er gewinnt eine gewisse innere Distanz zu sich, aus der heraus er das vom Geist aufgetragene Racheanliegen zu reflektieren vermag. In diesem *Zustand höheren Bewußtseins* wächst in ihm die Erkenntnis, dass dieser durch und durch verdorbenen Welt mit einer weiteren Untat nicht zu helfen ist – dass es vielmehr einem Fluch gleichkommt, *geboren zu sein, um sie wieder einzurichten.* Das Bewußtsein über seine Situation lässt Hamlet zögern, die Tat auszuführen; nicht die Angst vor einer möglichen Gefahr für sein Leben. Dieses ist ihm *keine Nadel wert.*

Als Mensch, der an keine Berufung im Diesseits zu glauben vermag; der vielmehr davon überzeugt ist, dass selbst große Taten am Zustand der Welt nichts zu ändern vermögen, scheint ihm nur die Selbstvernichtung zu bleiben. Doch auch diese Hoffnung erweist sich als trügerisch, *da der Ewige sein Gebot gegen den Selbstmord gerichtet hat.* Und selbst wenn dem nicht so wäre, bedeutete ja der Tod nach christlicher Auffassung ewiges Leben und mithin für Hamlet die Verewigung seiner irdischen Qualen. Hinzu kommt seine *Furcht vor etwas nach dem Tode – vor jenem unentdeckten Land, aus dem kein Wanderer zurückkehrt.*

Hamlets Lage ist verzweifelt; das Chaos, das sich vor ihm auftut, scheint undurchdringlich. Was bleibt ist ein Mensch, der sich von der ihn umgebenden Welt immer weiter entfernt; der keinen Ausweg mehr sieht und sich von daher zu keiner Handlung aufraffen kann.

~

Wie anders stellt sich uns der Ritter aus der Mancha dar: Auch Don Quijote ist auf tragische Weise von seiner Umwelt entfremdet. Auch er muss seine Selbstverwirklichung in der Auseinandersetzung mit der gesellschaftlichen Ordnung seiner Zeit betreiben. Aber seine stoische Lebenshaltung, die er aus seinem ritterlichen Weltbild bezieht, lässt ihn keinen Augenblick an den bestehenden Zuständen verzweifeln. Durch all seine missglückten Abenteuer hindurch gewinn er nie den Eindruck, dass es sinnlos sei, sein ideales Ziel, die Wiederbelebung der ritterlichen Tugenden, weiter zu verfolgen. Für ihn sind, wie er Sancho wissen lässt, *alle Stürme, die ihn verfolgen, lediglich Beweise, daß sich das Wetter bald aufheitern muß und daß seine Sache zum Glück ausschlagen müsse, da es unmöglich ist, daß sowohl Glück als auch Unglück ewig dauern.*

So sieht er seine Taten im Horizont seiner ideellen Zielsetzung und gänzlich unbeeinflusst davon, ob sich ein greifbarer Erfolg einstellt oder nicht. Der Wert einer Person lässt sich für ihn nicht an derartigen Äußerlichkeiten messen. Es sind die konkreten Handlungen, die zählen – mögen sie dem Außenstehenden auch noch so befremdlich erscheinen. So erfährt Sancho vom Meister, *daß ein Mensch nicht mehr zählt als ein anderer, wenn er nicht mehr tut.*

Durch die Entschlusskraft des Handelnden gewinnt Don Quijote seine Freiheit und die Erkenntnis, dass ein auf freien Entschlüssen beruhendes Leben den Wert der menschlichen Existenz ausmacht. Keine Macht der Welt – weder die staatlichen Gesetze, noch kirchliche Normen, noch die häufigen Versuche seiner Umgebung – können ihn daran hindern, sein Ziel unbeirrt weiter zu verfolgen. Schon gar nicht können sie ihn davon überzeugen, dass die Wirklichkeit, in der er lebt, nur ein trügerischer Schein ist.

Diese Subjektivierung seiner Weltsicht ist ihm Erklärung und Rechtfertigung zugleich. Denn: *Die wahre Wirklichkeit liegt im Bewußtsein der Menschen selbst, in der Welt, in der sie zu leben glauben.* Dieses Bewusstsein verschafft ihm die Kraft, allen Widrig-

keiten zu begegnen und nach jeder Niederlage
wieder aufzustehen.

Don Quijote fasziniert uns über die Zeiten hinweg
durch seinen tief verwurzelten, konsequenten
Humanismus. Seine Menschlichkeit und Güte, die er
vor allem seinem Gefährten Sancho Pansa zukommen lässt, berührt uns auch heute noch über alle
Maßen.

Er versichert ihm trotz aller Mißgeschicke, *daß er
der beste Knappe der Welt* sei, er isst mit ihm aus
einer Schüssel, *denn von dem fahrenden Rittertum
kann man dasselbe sagen wie von der Liebe, daß sie
alle Dinge gleichmacht.*

Durch seine aufrichtige menschliche Haltung nötigt
Don Quijote seiner Umgebung, aber auch uns Nach-
geborenen, Respekt und Achtung ab. Don Quijote
lebte seinem Zeitalter ein hohes Ideal vor. Bis auf die
Stunde seines Todes, in der er die Sinnlosigkeit
seines Unterfangens einsieht, bleibt er ungebrochen
und besteht auf der Notwendigkeit seines Wirkens in
der Welt.

~

Bei aller Unterschiedlichkeit der Figuren Don Quijote und Hamlets gibt es auch eine Reihe von Gemeinsamkeiten zwischen ihnen. *Ricardo Piglia* verweist in seinem fesselnden Essay *Der letzte Leser* darauf: Beide sind *Leser*. Dem Don verwirren sich durch seine Lektüre von Ritterromanen die Sinne; die Differenz von Realität und Fiktion verwischt sich. Aber welche Wirkung übt die Literatur auf ihn aus? Fasziniert ihn die phantasierte Ritterwelt so sehr, weil er in seinem öden Alltagsleben das Abenteuer vermisst? Möchte er es seinen Helden gleichtun? Vermittelt die Literatur ihm einen Sinn, den er im wirklichen Leben nicht vorfindet? Verführt ihn das Gelesene? Und schließlich: woher nimmt Don Quijote jenen unbändigen Tatendrang, der ihn bis zuletzt auszeichnet?

Auf jeden Fall wird Don Quijote durch die Lektüre motiviert, seine Entscheidung zu treffen, ein fahrender Ritter zu werden. Er scheint so vollständig in der Welt seiner Lektüre aufzugehen, dass es ihm unmöglich ist, Schein und Wirklichkeit zu unterscheiden. Er bezieht seine Deutungen ausschließlich aus der Literatur, und selbst die gröbsten Missgeschicke werden im Horizont des Gelesenen interpretiert.

Auch Hamlet tritt mit einem Buch auf. Aber dieser Sachverhalt scheint dazu zu dienen, eine Distanz zur übrigen höfischen Welt aufzubauen. Das Lesen in Gesellschaft – zumal wenn ein junger Mann als Leser auftritt – isoliert ihn. Wir erfahren nicht, um welches Buch es sich handelt, das Hamlet liest oder zumindest vorgibt zu lesen. Möglicherweise ist es der Lesestoff, der ihn hindert, eine Entscheidung zu treffen. Jedenfalls zaudert Hamlet, kann sich zu keiner Tat aufraffen. Das Gelesene könnte ihn in seinem Zweifel am Sinn seiner Tat, ja am Sinn des Lebens überhaupt bestärkt haben.

Und noch eine Gemeinsamkeit weisen unsere Helden auf: Beides sind Schauspieler. Für Hamlet ist die ganze Welt ohnehin nur eine Bühne, auf der lediglich Rollen gespielt werden. Die Tatsache, dass auch er seine Rollen wechselt, scheint ihm das Überleben zu ermöglichen. Seine Schauspielerei dient ihm als Tarnung in einer gefährlichen Umwelt; aber auch als Möglichkeit, rätselhafte *Texte* aufzusagen, von denen keiner weiß, in welcher Beziehung sie zur Wirklichkeit stehen.

Anders im Falle Don Quijotes: Er schlüpft so vollständig in die Rolle des irrenden Ritters, dass wir – bis auf den Beginn des Romans – kaum etwas über seine Person erfahren. Er identifiziert sich vollends mit seiner Rolle, so dass er kaum wieder herausfindet und in gewisser Weise erst durch den Tod daraus befreit wird. Die Texte, die er spricht und die Rollen die er spielt, verdankt er der angelesenen Literatur. Daher die zuweilen weihevolle Sprechweise im Vergleich zum derben Sprachgebrauch Sanchos. Gerade die Sprache ist es, die Distanz zur Umwelt schafft. Sie dient weniger der Kommunikation, als vielmehr der Wiedergabe eines vorab erlernten Textes, den er benötigt, um seine Rolle auszufüllen.

~

Was bleibt uns von diesen beiden großen Werken der Weltliteratur? Trotz aller Zeitbedingtheit ihres Entstehens zeigen sie uns, dass der Mensch in existentiellen Konflikt- und Entscheiungssituationen auf sich selbst zurückgeworfen ist. Dass er immer wieder aufs Neue um die richtigen Einsichten ringen muss und dass er es letztlich ist, der sein Handeln vor sich und der Welt verantworten muss. An den Figuren des Don Quijote und Hamlet lassen sich zwei unterschiedliche Handlungstypen festmachen: Während Don Quijote, von seinem Ideal beseelt, keinen Zweifel an der Richtigkeit seines Handelns aufkommen lässt, verkörpert Hamlet ein Maß an Reflexivität und Zweifel, dass es ihm unmöglich erscheinen lässt, am Erfolg oder Sinn seiner Handlungen zu glauben.

Man möchte unserer Epoche etwas mehr von der Nachdenklichkeit Hamlets, aber auch vom Optimismus Don Quijotes wünschen. Kommen beide Verhaltensweisen zusammen, könnte daraus eine Perspektive erwachsen, die uns vor Fehlentscheidungen schützt und gleichzeitig das Notwendige zur Erhaltung der Schöpfung tun lässt.
(1966 ff.)

Balzac: Menschliche Komödie

Eine meisterhafte Form von Gesellschaftskritik aus der Sicht eines Intimkenners bürgerlicher Lebensverhältnisse. Sie ist nur einem Autor möglich, der selbst tief in diese Verhältnisse verstrickt ist und der jede scheinbar noch so unbedeutende Regung bürgerlichen Lebens wahrnimmt. Balzacs Sensibilität speist sich aus der Kenntnis der Antinomien bürgerlicher Verhältnisse, die als Antagonismen noch nicht wahrzunehmen sind. Hierin teilt er das Schicksal aller großen bürgerlichen Denker: die zutage tretenden Widersprüche der Gesellschaft auszusprechen – bis hin zur Karikatur – aber doch mit einer gewissen Hingabe an die Verhältnisse und im Interesse ihrer Erhaltung. Es bleibt Marx vorbehalten – der ein großer Balzac-Verehrer war – die Kritik an der bürgerlichen Gesellschaft als radikale Negation zu formulieren.

Balzac gelingt es, sowohl die gesellschaftlichen Strukturen als auch die darin eingeschlossenen Charaktere als Produkte und Produzenten dieser Strukturen darzustellen. Die genaue Kenntnis des Gegenstands ist frappierend. Geradezu begrifflich streng wird die Funktion des Wucher- und Zinskapitals, der Grundrente usw. dargestellt. Marx hat Teile davon zur Illustration eigener Aussagen benutzt. Ebenso frappierend ist die Kenntnis des Verwaltungsapparats, der Bauernschaft – was immer man will. Und dann die Darstellung der vielfältigen Legitimationssysteme und der ideologischen Apparate, deren die bürgerliche Ordnung zu ihrer Aufrechterhaltung bedarf; sie werden schonungslos in ihrer Wirksamkeit und Entwicklung gezeigt. Darin verdient Balzac das höchste Prädikat, das einem Schriftsteller zukommt – er erweist sich als Realist.

Auch in anderer Weise gilt das. Man spürt etwas von der Naturwüchsigkeit der gesellschaftlichen Verhältnisse. Die feudalen Elemente, diese Parasiten am bürgerlichen Lebenskörper, befinden sich durchaus noch auf der Bildfläche, obwohl sie ihrer klassenmäßigen Grundlage, der Grundrente, bereits weitgehend beraubt sind. Sie siedeln sich in den Nischen der Gesellschaft an (Verwaltung; Militär; Justiz usw.). Das Bürgertum als aufsteigende Klasse ist noch keineswegs dominant, bestenfalls gesellschaftsfähig. Dort, wo sich das bürgerliche Leben abspielt – in den Salons, im Theater, in den Casinos – ist es zugelassen und mehr oder weniger geduldet. Aber sich mittels der Arbeit zu reproduzieren, hat noch etwas Entwürdigendes an sich. Name und Geburt erweisen sich immer noch als kreditwürdiger. „Der Kredit stellt das innerste Geheimnis der bürgerlichen Gesellschaft dar", hatte Marx geschrieben. Balzac zeigt uns eine Gesellschaft, die sich noch in einem Stadium der Entwicklung befindet, wo Wucher-, Zins- und Industriekapital gleichbedeutend koexistieren.

Die Gesellschaft wird als eine Art Anti-Natur dargestellt; nicht im Sinne der Beherrschung sozialer Vorgänge, sondern der Außerkraftsetzung ihrer Entwicklungsgesetze: der Tüchtige wird vom Ausdauernden besiegt – dies gilt insbesondere dort, wo Hierarchien dominieren und feudale Normen weiterhin prägend sind: in der Verwaltung und beim Militär. Hier wird das Schema der Phantasie; die Anonymität der Aktivität vorgezogen. Aber überall erweist sich das Geld als Motor und Triebkraft der Produktionsverhältnisse. Die feudale Moral wird brüchig. Vom Geld ist stets und überall die Rede. Würde, Ehre, Tapferkeit und Treue machen sich besonders gut, wenn sie sich kapitalisieren lassen. Das Kapital tritt keineswegs bescheiden in Erscheinung: man kennt seinen Preis, ob es sich nun um Heirat, Erbschaft, Rente oder Hurerei handelt.

Es widerstrebt einem, Balzac literaturgeschichtlich einzuordnen. Wenn gesagt wurde, er sei Realist und Realismus mit Dialektik zu tun hat, dann mag man ihn getrost einen Realisten nennen. Aber eine solche Aussage ist relativ nichtssagend. Balzac benennt zwar die Antinomien der Gesellschaft, aber die Perspektive einer „bestimmten Negation" ist noch nicht in Sichtweite. Der Begriff ist noch unscharf, weil die „Dialektik der Sache" in Gestalt der proletarischen Revolution noch nicht entfaltet ist. Den Krisen haftet etwas Zufälliges an; sie scheinen reparabel. Den Verhältnissen und ihren Agenten wird der Spiegel vorgehalten, der sich zuweilen auch als Zerrspiegel erweist, aber dabei bleibt es. Die Frische der Darstellung lebt davon, dass die Bourgeoisie keiner Verdrängung bedarf; sie verdaut noch gut. Die Psychoanalyse ist noch nicht gefragt; an den Nervensträngen der Gesellschaft sitzen durchaus gesunde Dramaturgen, zu denen auch Balzac selbst gehört. Man zerbricht an der Vergangenheit, aber noch nicht an der Zukunft. Das Noch-nicht ist vielleicht der Schlüssel zum Verständnis seines Schreibens. Balzac läutert das zuweilen angeschlagene Selbstbewusstsein der aufsteigenden bürgerlichen Klasse, während das Proletariat erst in Umrissen zu erkennen ist. Es spielt noch keinerlei Rolle. Auf keinen Fall wird es als Totengräber der bürgerlichen Ordnung in Szene gesetzt.

Die Botschaft könnte lauten: der Heilungsprozess befindet sich in allerersten Zuckungen und vor allem: Heilung ist möglich, auch innerhalb der Verhältnisse.

(20.7.1975)

II. Theoretisches

Elemente einer materialistischen Kunsttheorie

Das Entstehen künstlerischer Ausdrucksformen ist nicht, wie oft fälschlicherweise angenommen wird, Ausdruck einer höheren Stufe der gesellschaftlichen Entwicklung. Vielmehr entspringt Kunst bzw. das Bedürfnis, sich in schöpferischen Formen auszudrücken, dem unmittelbaren Lebensprozess des Menschen.
Es ist das herausragende Merkmal der frühesten Kulturen der Menschheitsgeschichte, dass sie den Prozess der Reproduktion ihrer physischen Existenz zu verbinden wussten mit bestimmten Formen der Aneignung ihrer sinnlichen Wesenseigenschaften. Man spricht daher nicht zu Unrecht von sog. Spielkulturen. Man kann von diesen Kulturen der Urgesellschaft, obwohl sie sich auf einem niedrigen Niveau der materiellen Produktion befanden, trotzdem von einer gewissen ‚allseitigen Aneignung des Gattungswesens' sprechen, von einer Art ‚Urkommunismus'.

Es zeigt sich, dass Kunst bis zu einem gewissen Grade immer auch Ausdrucksform einer bestimmten

Entwicklungsstufe der Gesellschaft ist. Konnte man bezüglich der Urgesellschaft noch von einer mehr oder weniger unbewussten Ausübung künstlerischer Formen sprechen, in der die Menschen z.B. während der Arbeit sangen oder tanzten, verändert sich die Funktion und die Bedeutung der Kunst mit fortschreitender Arbeitsteilung. Sie emanzipiert sich vom unmittelbaren Lebensprozess der Menschen und erhält den Charakter einer sich qualitativ von der manuellen Tätigkeit unterscheidenden geistigen Form der Aneignung. Vereinfacht kann man auch sagen, die zunehmende Arbeitsteilung, die zur Trennung von körperlicher und geistiger Arbeit führt, hat für die Kunst zur Folge, dass sie sich mehr und mehr zu einer aparten Tätigkeit entwickelt, die an spezifische Kenntnisse und Qualifikationen gebunden ist. Gleichwohl bleibt die Kunstproduktion eng mit dem Handwerk verbunden; viele Künstler fühlen sich als Handwerker.

Auf einer weiteren Entwicklungsstufe der materiellen Produktion steigern sich die Produktivkräfte derart, dass die Produktion die Befriedigung unmittelbarer Bedürfnisse übersteigt. Im Frühkapitalismus vollzieht sich der Übergang von der Manufaktur zur industriellen Produktion und führt zur Ausweitung der Märkte; die Produkte erhalten Warencharakter und mit deren Verallgemeinerung wird auch die Kunst zur Ware.

Mit zunehmender Arbeitsteilung entwickelt sich die Klassenstruktur der Gesellschaft, und für den Künstler entsteht das Problem, sich positionieren zu müssen. Man kann auch sagen: der Nachweis seiner Daseinsberechtigung erhält einen politischen Charakter. Der politische Charakter der Kunst zeigt sich nicht nur an der ‚Legitimationsproblematik'. Seit etwa der Renaissance befreit sich die Kunst aus den Fesseln religiöser und weltlicher Abhängigkeiten. Es ist die Phase der ‚transzendentalen Obdachlosigkeit'. In der Folge wird die Kunst zum Movens gesellschaftlicher Veränderung und Kritik. Gleichwohl behält die Kunsin der Klassengesellschaft stets ihren Ideologiecharakter; auch dort, wo sie aufklärerische Ideen vertritt. Z.B. nimmt ein Klassiker wie Schiller durchaus revolutionäre Ideen auf und gerät dadurch in Konflikt mit den herrschenden Mächten. Indem er diese jedoch ins rein Ästhetische transformiert, nimmt er den Ideen gleichzeitig ihre revolutionäre Sprengkraft; nicht die Befreiung der Gesellschaft, sondern die ‚innere Freiheit des Individuums' ist fortan sein Thema: (‚der Mensch ist frei und wär' er in Ketten geboren').

(1968)

Probleme des Kunstverständnisses

Bisher haben wir lediglich einige externe
Voraussetzungen der Kunstproduktion
angesprochen. Das war notwendig, um der Illusion
zu entgehen, Kunst sei das Produkt autonomer
Bestrebungen des menschlichen Geistes und könne
sich auf diese Weise den materiellen
Reproduktionsbedingungen entziehen. Gerade darin,
dass die Ästhetik als ‚wertfrei' und gewissermaßen
‚voraussetzungslos' angesehen wird, erweist sich ihr
ideologischer Charakter.

Es ist jedoch wichtig, die materiellen Bedingungen
der Kunstproduktion vom eigentlichen
künstlerischen Produktionsakt zu unterscheiden.
Kunst lässt sich nur bis zu einem gewissen Grade
‚verstehen'. Das Kunstwerk erscheint uns immer nur
in der sichtbaren Gestalt und wir können uns der
künstlerischen Intention immer nur sukzessive (und
höchst subjektiv) annähern. Das Verstehen von
Kunst ist Teil der Erkenntnisfähigkeit des
Betrachters; aber letztlich konstruiert dieser immer
seine eigene Sicht der Dinge und ob diese mit der
des Künstlers übereinstimmt, muss dahingestellt
bleiben. Viel wichtiger ist vielleicht, dass Kunst die
Phantasie des Betrachters anregt und sein
Erlebnisvermögen steigert. Insofern lässt sich sagen,

dass der Betrachter Teil des künstlerischen Prozesses ist. Durch ihn werden Kunstwerke *vergesellschaftet;* ohne ihn würden sie unbekannt bleiben.
(1969)

Zur Dialektik des Utopiebegriffs

Die Frage nach dem Verhältnis von gesellschaftlicher Wirklichkeit und Utopie berührt das Grundproblem aller utopischen Vorstellungen. Utopien verweisen auf einen Mangelzustand, auf ein *Noch-nicht,* vielleicht auch auf etwas ganz Anderes als das, was man in der Realität vorfindet. Auf den Grad der Vermittlung kommt es an. Handelt es sich beim utopischen Denken um etwas bloß Erdachtes, Erträumtes, nur in der Phantasie Vorhandenes oder knüpft es an etwas schon im Entstehen begriffenes an, das der Ergänzung und Vervollkommnung bedarf?

Utopien als *Phantasiegebilde* hat es immer wieder gegeben, als Gegenentwurf zur bestehenden Gesellschaft oder als Traum von einem idealen Zusammenleben der Menschen. Derartige Vorstellungen haben insofern ihren Stellenwert, als sie darauf verweisen, dass das Bestehende nicht alles ist, dass es unvollkommen ist, dass durchaus ein anderes, besseres Leben vorstellbar ist.

Uns schwebt ein Utopiebegriff vor, der am Besten der alten Gesellschaft anknüpft und dieses transformiert. *Aufhebung* wäre der entsprechende Begriff, der aus der Hegelschen Dialektik stammt. Daran knüpft Marx in seiner *Kritik des Gothaer Programms* an: *Womit wir es zu tun haben, ist eine kommunistische Gesellschaft, nicht wie sie sich auf ihrer eigenen Grundlage entwickelt hat, sondern umgekehrt, wie sie eben aus der kapitalistischen Gesellschaft hervorgeht, die also in jeder Beziehung, ökonomisch, sittlich, geistig, noch behaftet ist mit den Muttermalen der alten Gesellschaft, aus deren Schoß sie kommt.*

Und Lenin ergänzt: *Wir können den Kommunismus nur aus jener Summe von Wissen, Organisationen und Institutionen aufbauen, mit jenen Vorräten an menschlichen Kräften und Mitteln, die uns die alte Gesellschaft hinterlassen hat.*

Im Unterschied zur bloß gedachten und nur in der Phantasie entworfenen Utopie handelt es sich hier um eine *konkrete Utopie,* die am Vorhandenen anknüpft. Das ist mit dem Begriff der *Vermittlung* gemeint. Mit der *Dialektik des Utopiebegriffs* ist nicht nur die funktionale Differenz zweier Utopiebegriffe gemeint, sondern vor allem die Tatsache, dass eine realistische Vorstellung von einer neuen Gesellschaft nicht im luftleeren Raum stattfindet.

Die konkrete Utopie kennt ihre Bedingungen, Akteure und Perspektiven. Als vermittelt mit der alten Gesellschaft stellt sie deren bewusste Alternative dar oder besser gesagt: sie realisiert die materiellen und ideellen Möglichkeiten, die in der Gesellschaft bereits angelegt sind und befreit sie von den Fesseln der alten Produktions- und

Eigentumsverhältnisse. Ihr Ziel ist die größtmögliche Befriedigung der Bedürfnisse, die freie Entfaltung der schöpferischen Kräfte. Ihr Credo lautet: *Jeder nach seinen Fähigkeiten; jedem nach seinen Bedürfnissen.*
(1969)

III. Marx-Exzerpte

Verdinglichung und Klassenbewusstsein

Lukács hat in seiner bahnbrechenden Studie *Geschichte und Klassenbewusstsein* dargelegt, dass die gegenwärtige Entwicklungsstufe der kapitalistischen Gesellschaft durch die Verallgemeinerung der *Warenstruktur* geprägt ist. Er sieht darin das strukturelle Problem all ihrer Lebensäußerungen. D.h.: Alle Lebensbereiche der Gesellschaft unterliegen der Logik der Ökonomisierung, alles wird zur Ware, selbst Bereiche wie Kunst, Gesundheit, Bildung usw. Wesentlich für die Warenstruktur ist, dass ein gesellschaftliches Verhältnis *den Charakter einer Dinghaftigkeit und auf diese Weise eine ‚gespenstige Gegenständlchkeit' erhält, die in ihrer strengen, scheinbar völlig geschlossenen und rationellen Eigengesetzlichkeit jede Spur ihres Grundwesens, der Beziehung zwischen Menschen, verdeckt.*

Marx hat in seiner Analyse des *Warenfetischismus* gezeigt, wie der Stoffwechsel zwischen Mensch und Natur in der Warenform Gestalt annimmt und zur herrschenden Form des Stoffwechsels wird. Er schrieb: *Das Geheimnisvolle der Warenform besteht also einfach darin, dass sie den Menschen die gesellschaftlichen Charaktere ihrer eigenen Arbeit als gegenständliche Charaktere des Arbeitsprodukts selbst, als gesellschaftliche Natureigenschaften diese Dinge zurückspiegelt, daher auch das gesellschaftliche Verhältnis der Produzenten zur Gesamtarbeit als ein außer ihnen existierendes gesellschaftliches Verhältnis von Gegenständen. Durch dies quid pro quo werden Arbeitsprodukte Waren, sinnlich übersinnliche oder gesellschaftliche Dinge. Es ist nur das bestimmte gesellschaftliche Verhältnis der Menschen selbst, welches hier für sie die phantasmagorische Form eines Verhältnisses von Dingen annimmt.*

Lukács knüpft an diese Marxschen Ausführungen als *struktiver Grundtatsache* an und hebt hervor, dass den Menschen ihre eigene Tätigkeit, ihre eigene Arbeit als Ware erscheint, als etwas Objektives, von ihnen Unabhängiges, das ihr Handeln und ihr Bewusstsein bestimmt. Die Entwicklung des Arbeitsprozesses vom Handwerk, über Kooperation, Manufaktur bis hin zum Maschinensystem vollzieht sich in Form einer zunehmenden Rationalisierung, bei Ausschaltung der qualitativen menschlich-individuellen Eigenschaften des Arbeiters. Der Arbeitsprozess wird in abstrakt rationelle Teiloperationen zerlegt, wodurch die Beziehung des Arbeiters zum Produkt als Ganzem, das von ihm hergestellt wurde, zerrissen wird und seine Arbeit auf eine sich mechanisch wiederholende Spezialfunktion reduziert wird. *Erst in diesem*

Zusammenhang gewinnt die durch das Warenverhältnis entstandene Verdinglichung eine entscheidende Bedeutung sowohl für die objektive Entwicklung der Gesellschaft wie für das Verhältnis der Menschen zu ihr; für das Unterworfenwerden ihres Bewusstseins den Formen (?), in denen sich diese Verdinglichung ausdrückt; für die Versuche, diesen Prozess zu begreifen oder sich gegen seine verheerenden Wirkungen aufzulehnen, sich von dieser Knechtschaft unter der so entstehenden ,zweiten Natur' zu befreien.

Aufgrund seiner Stellung im Produktionsprozess ergibt sich für das Proletariat die *objektive Möglichkeit,* seine Klassenlage zu erkennen. Es ist zugleich Subjekt und Objekt des Erkenntnisprozesses. Es sind die Widersprüche des kapitalistischen Systems selbst, seine Krisenhaftigkeit, die dem Arbeiter den Charakter der Produktionsweise stets erneut vor Augen führen. Vor diesem Hintergrund kann sich das Klassenbewusstsein des Proletariats entwickeln als Einsicht in die Zusammenhänge des kapitalistischen Produktionsprozesses, deren Träger es ist. Indem es den gesellschaftlichen Charakter der Produktion hinter der dinglichen Hülle der Warenform wiederentdeckt, ist es in der Lage, seine gesellschaftliche Situation grundlegend zu verändern.

Die objektive Entwicklung des Produktionsprozesses, die zur Verallgemeinerung der Warenform führt und auch die Arbeitstätigkeit selbst erfasst, weist dem Arbeiter seine Stellung im Arbeitsprozess zu, bestimmt seinen Standort darin. *Sie vermag dem Proletariat nur die Möglichkeit und die Notwendigkeit zur Verwandlung der Gesellschaft in die Hand zu geben. Die Verwandlung selbst kann aber nur die freie Tat des Proletariats selbst sein.* **(1972)**

~

Die Intellektuellen reden vom Proletariat wie von ‚heiligen Kühen'. Ihre Rolle sehen sie darin, es ‚an die Hand zu nehmen', ihnen den rechten Weg zu weisen, ja recht eigentlich: die Führung im Klassenkampf zu übernehmen. Dem hat Marx, obwohl selbst Intellektueller, energisch widersprochen. Er schreibt: *Wie von den Demokraten das Wort Volk zu einem heiligen Wesen gemacht wird, so von euch das Wort Proletariat. Wie die Demokraten schiebt ihr der revolutionären Entwicklung die Phrase der Revolution unter.*

Auch der Verweis auf die gemeinsamen gesellschaftlichen Bedingungen im Kapitalismus hilft da nicht weiter. Zu unterschiedlich sind die Arbeits- und Lebensbedingungen beider Gruppen und diese Unterschiede können durch die

Hinwendung der Intellektuellen zu den Arbeitern nicht eliminiert werden. Zu diesem Aspekt schreibt Marx: *Der abstrakten Tätigkeit entspricht das abstrakte Leiden.*

Diese Intellektuellen sehen sich gern als *Vorkämpfer der Arbeiterklasse,* denen sich früher oder später die Arbeiter anschließen werden. Dabei hatte Marx darauf verwiesen, dass *die Befreiung der Arbeiterklasse nur das Werk der Arbeiter selbst sein kann.* Unter der Hand verwandelt sich das Proletariat für sie in eine *Kategorie,* mit der man beliebig jonglieren kann. Und nach guter deutscher Manier findet der Klassenkampf überwiegend in den Köpfen statt, nicht aber in den Niederungen des kapitalistischen Produktionsprozesses.

~

Es ist viel über die *Abstraktheit* des deutschen Denkens gesagt worden (z.B. von Marx und Heine) und dass dieses Denken von keiner Praxis gefordert wird. Es genügt sich selbst, allen Phrasen zum Trotz. Es wird in dem Moment von der Bildfläche verschwinden, wo die sozialen Verhältnisse in Bewegung geraten. Das politische Handeln wird von *Klasseninteressen* dominiert, und die des Proletariats und der Intellektuellen sind nicht dieselben. Insofern bleibt die Solidarität mit dem Arbeiter meist abstrakt.

Für die Arbeiter bedeutet ‚Freiheit' Gewinn an Lebenszeit; für den Intellektuellen Erhalt der ‚geistigen Freiheit'. Ihnen geht es um Meinungsfreiheit; Freiheit des Wortes und der Schrift, um Kunst und Wissenschaft. Ohne Zweifel sind das elementare Dinge; aber sie sind nicht existentieller Natur wie der Zugewinn an Lebenszeit, denn diese ist Voraussetzung dafür, dass man die genannten Freiheiten überhaupt wahrnehmen kann.

~

Dem bürgerlichen Märchen, wonach Wirtschaftskrisen auf der Diskrepanz von ‚Angebot und Nachfrage' beruhen, das in allen möglichen Variationen nacherzählt wird, ist durch die Unterscheidung von ‚Tauschwert und Gebrauchswert' zu begegnen. Den bürgerlichen Apologeten, denen die kapitalistische Gesellschaft als die beste aller Welten gilt, verwandelt sich die Nachfrage nach Gebrauchsgütern zur Befriedigung menschlicher Bedürfnisse unter der Hand in ‚Geldnachfrage'. Würde die Produktion von Gebrauchswerten Ziel allen Wirtschaftens sein, wäre das Geld nur ein Tauschmittel zu deren Erwerb. Im Kapitalismus nimmt Geld die Form des Profits an, und dieser allein ist Zweck der ganzen Veranstaltung.

~

Marx weist auf die einfache Tatsache hin, dass es in Gesellschaften, die auf der Herrschaft einer Klasse beruhen, auch jemanden geben muss, der das Geschäft des Herrschens besorgt. Da dieses Geschäft zu den einträglichsten gehört, so scheint es, dass es nicht nur begehrt, sondern auch nicht leicht zu bewerkstelligen ist. Und es sieht so aus, als würde das ‚Herrschaft ausüben' selbst eine Arbeit sein, die Früchte abwirft und eine schwierige dazu. So erscheint in Gesellschaften, die auf Herrschaft und Knechtschaft beruhen, selbst die ‚Ausbeutung' als ‚Arbeit'.

~

Vom Geld, das ‚arbeitet', ist oft die Rede. Nicht einmal das lässt der Kapitalist dem Arbeiter: dass er von dessen lebendiger Arbeit lebt.

~

Für den Marxismus gibt es keine isolierte ‚Theorie des Individuums'; aber der Marxismus ist die einzige Theorie, die dem Individuums zu seinem Recht verhilft.

~

Wichtig ist der Satz von Brecht (Korsch): *Wenn du an die Lösung eines Problems gehst, vergiss nicht, dass du ein Teil des Problems bist und folglich auch ein Teil der Lösung.* Das entspricht der Forderung von Marx, den Objektcharakter der Wissenschaft aufzuheben und die eigene Subjektivität in den Erkenntnis- und Veränderungsprozess einzubeziehen.

~

Die Erkenntnis, dass die Dinge nicht so sind, wie sie erscheinen, ist bereits ein Moment ihrer Veränderung. Die Faktizität der Dinge gerät in Bewegung; sie werden als produzierte erkannt und es ist nur ein weiterer Schritt, hinter ihrer Erscheinungsform die gesellschaftlichen Verhältnisse und ihre Veränderbarkeit zu erkennen.

~

Ich beobachte Leute, die im Sperrmüll herumwühlen. Es scheint, dass Dinge, die längst keinen Tauschwert mehr haben, immer noch zu gebrauchen sind. Vieles wird weggeworfen, weil es unmodern ist und es etwas Neues gibt. Auch ein Aspekt, warum der Tauschwert und nicht der Gebrauchswert dominant ist.

(allesamt 1973/1974)

Entwicklungsstufen der
Marxschen Staatstheorie:

1. Marx' Kritik an der Staats f o r m der Monarchie
in der Kritik der Hegelschen Staatstheorie, aber sein
Verbleiben selbst noch in bürgerlichen Kategorien
(Eintreten für die Republik).
2. Die sehr systematische Herausarbeitung des
Staates als Repressionsorgan der herrschenden
Klasse in der Deutschen Ideologie etwa. Hier wird
der Staat schon als Funktion ökonomischer
Herrschaft verstanden, was sich bis zum Spätwerk
durchhält.
3. Exemplifiziert wird dies dann im „18. Brumaire",
in den „Klassenkämpfen in Frankreich", bis hin zu
Engels „Anti-Dühring".
4. Die Rolle des Staates im „Kapital". Zunächst die
terroristische Intervention des Staates in der Phase
der ursprünglichen Akkumulation, wo sich
gleichzeitig Hinweise auf einen allmählichen
Übergang zur Manipulation (? Manufaktur?) finden.
Dann im 3. Band so etwas wie eine negative
Formulierung des Staates: das Überflüssig-Werden
des Staates aufgrund der Entwicklungstendenz des
Kapitals. An die Seite der Vergesellschaftung der
Arbeit tritt eine Vergesellschaftung des Kapitals als
letzte Stufe innerhalb des Kapitalismus. Damit ist
das Überflüssig-Werden repressiver
Staatsfunktionen theoretisch gefaßt, alles andere ist

Sache der revolutionären Veränderung. An die Stelle der Herrschaft über Menschen kann, wie Engels sagt, die Verwaltung von Sachen treten. Letzteres könnte angesichts der Erfahrung des Faschismus überraschen, aber es handelt sich wie gesagt um eine theoretische Klärung. Ein konkretes Modell für Faschismus findet sich zudem im 18. Brumaire, wie Thalheimer gezeigt hat. Soweit ganz grob.

(1975)

Staat und Klassenbewusstsein

Seit Hobbes' Vision eines ‚bellum omnium contra omnes', die Smith mit der Vorstellung einer ‚invisible hand' konterkarierte, steht die bürgerliche Theorie des Staates vor dem Dilemma, erklären zu müssen, wie in einer Gesellschaft, die sich die extreme Entfaltung von Privatinteressen als Freiheits-spielraum ihrer Mitglieder zurechnet, ein Medium von Vergesellschaftung entstehen kann, das gemeinhin als ‚Staat' bezeichnet wird.

Marx hat derartige Vorstellungen vom Staat in seinen ‚Grundrissen' wie folgt kritisiert: *Die Pointe liegt darin, dass das Privatinteresse selbst schon ein gesellschaftlich bestimmtes Interesse ist und nur innerhalb der von der Gesellschaft gesetzten Bedingungen und mit den von ihr gegebenen Mitteln erreicht werden kann; also an die Reproduktion dieser Bedingungen und Mittel gebunden ist.*

Der bürgerliche Staat in seiner modernen Form als demokratische Republik prätendiert, dieses einheitsstiftende Medium zu sein und das Allgemeininteresse der Gesellschaft zu repräsentieren. Diese Vorstellung hat bis weit in das Bewusstsein der Arbeiterklasse hinein zu der Illusion geführt, der Staat sei als quasi ‚neutrale Instanz' in der Lage, die antagonistischen Widersprüche der kapitalistischen Gesellschaft zu regulieren.

Um dieser Illusion vorzubeugen, ist es notwendig, nachzuweisen, wie aus der ökonomischen Struktur der bürgerlichen Gesellschaft die dieser Gesellschaft adäquate Form des Staates herauswächst. Diese Analyse hat zum Resultat, dass gezeigt werden kann, dass der Staat die Form der Allgemeinheit annimmt, durch die sich die Klasseninteressen des Kapitals nur umso wirksamer durchsetzen. Marx hat in seiner ‚Kritik der politischen Ökonomie' den Klassencharakter der kapitalistischen Produktionsweise analysiert und dargestellt, wie deren Formbestimmungen dazu beitragen, dieser die Erscheinungsform einer Gesellschaft in ‚Freiheit und Gleichheit' zu verleihen. Seine Hoffnung war, dass seine Kritik der Arbeiterklasse die Argumente liefert, die sie benötigt, um den Herrschaftscharakter der Produktionsweise zu durchschauen. Gleichwohl blieb Marx Realist, wenn er ausführt: *Die Waffe der Kritik kann allerdings die Kritik der Waffen nicht ersetzen, die materielle Gewalt muss gestürzt werden durch materielle Gewalt, allein auch die Theorie wird zur materiellen Gewalt, sobald sie die Massen ergreift. Die Theorie ist fähig, die Massen zu ergreifen, sobald sie ad hominem demonstriert, und sie demonstriert ad hominem, sobald sie radikal wird.*

Das Proletariat ist gezwungen, seine gesellschaftliche Situation grundsätzlich zu verändern, um den Naturgesetzen der kapitalistischen Produktionsweise zu entrinnen. Es wird lernen müssen, seine erkämpften demokratischen Rechte gegen die Bourgeoisie und den bürgerlichen Staat zu verteidigen. In seinem Kampf um Befreiung von kapitalistischer Herrschaft kann es seine *Poesie nicht aus der Vergangenheit schöpfen, sondern nur aus der Zukunft.* Nur das Proletariat kann die gesellschaftlichen Produktivkräfte freisetzen, die in der bürgerlichen Gesellschaft in den bornierten kapitalistischen Produktionsverhältnissen gefangen bleiben. Die Form des proletarischen Befreiungskampfes ist die soziale Revolution.

(1975)

Politische Ökonomie des Alltagsbewusstseins

Die klassenspezifischen Momente des proletarischen Alltagsbewusstseins, des auf die Wahrnehmung unmittelbarer Interessen gerichteten ökonomischen Bewusstseins, stellen einen entscheidenden Anknüpfungspunkt bei der Transformation von Alltagsbewusstsein in Klassenbewusstsein dar. Mit der Einsicht in die Gesetzmäßigkeiten der kapitalistischen Produktionsweise, des Klassencharakters des bürgerlichen Staates sowie der historischen Perspektive des Sozialismus erreicht das Alltagsbewusstsein als Klassenbewusstsein eine neue Qualität. Die praktische Überwindung von Alltagsbewusstsein bedarf eines organisierten Lernprozesses; die spontanen Einsichten und Erfahrungen proletarischer Alltagspraxis müssen mit der wissenschaftlichen Kritik des Alltagslebens vermittelt werden. Dies ist der Sinn der marxistischen Kritik des Alltagslebens im Kapitalismus.
(1976)

IV. Lyrik

Biographie der Dinge

Nach dem großen Krieg
als die Städte in Trümmern lagen
hatten viele es eilig
Geschehenes zu vergessen
sie wollten nichts mehr sein
als nur noch Menschen
in jenen Tagen
als alles zu Ende schien

Von der Schmach gezeichnet
schien es nur Besiegte zu geben
nicht Täter und nicht Opfer
Verlierer allesamt
stumme Zeugen
mit verwundeten Seelen
und toten Gesichtern
und von seltsamer Sprachlosigkeit

Einige der Geschlagenen
schickten schon wieder
ihre Kundschafter aus
das neue Terrain
zu verorten

und wieder andere begannen
das allen Sichtbare
zu verklären

Wir wuchsen in eine Zeit
flinker Hände
und ohne Erinnerung
die flotten Verkünder
neuer Tugenden
leisteten viel
in jenen Tagen
der Verwirrung

Ein Kompromisspapier
musste her
das alles offen ließ
vieles blieb unverbindlich
Wichtiges wurde vertragt
und der unschuldige Refrain
übertönte das Kippengemurmel
und im Echo der Einigkeitsgesänge
ging schnell unter
dass nicht für alle
der gleiche Eintrittspreis galt

Die noch eben
ihre Fabriken
gegen Demontagen

verteidigt hatten
fanden sich bald darauf
als Fußvolk wieder
unter dem Kommando
ihrer alten Herrn
für sie gab es
keine Wunder

Wieder öffneten sich
auf die Sirenenstimmen hin
die Fabriktore
saugten die Gebeugten auf
in ihr Stoppuhrterrain
und spuckten sie wieder aus
nach vollbrachtem Werk

Der Geruch von Schmieröl
Tabak und Alkohol
umgab uns
vermischte sich
mit Auspuffgasen
und ließ uns
Tag für Tag eintauchen
in den Krüppelbrunnen

Zur Allejahrewiederfeier
dem Aufmarsch der Schwielenfäuste
gesellten sich eifrige Buchhalter

der Sonnenbilanz
und stimmten ein in den
kurzatmigen Chor
des Fortschrittsgesangs
in den sich keine Misstöne mischten
an diesem Tag

Zwar glaubten die vielen
weiterhin nicht an Wunder
aber müde
vom langen Tagwerk
wollen sie ausruhen
unter dem Laubdach des
Alltagsbaums
ein bisschen leben
und diesmal sollen all die
die nach ihnen kommen
es besser haben als sie
daran glauben sie unerschütterlich

Als dann nach halbwegs guten
Jahren
die Bewegung der Ungeduld
auf den Plan trat
und ihre Fragen stellte
war die Ratlosigkeit groß
und auch die Empörung
plötzlich wurden die Namen

von Tätern genannt
und den Opfern nahm man
die Qual des Verdrängens

Die fragende Generation
und die schweigende Generation
sie hatten sich nichts zu sagen
die einen waren unfähig zu trauern
die anderen vor Ungeduld
nicht willens
die Sprachlosigkeit der Älteren
länger hinzunehmen
so blieb ein jeder
im eigenen Ghetto gefangen

Bis schließlich
in maßlos reflektierender
Subjektivität
ein luftiges Reich
bequemer Begrifflichkeiten entstand
ein Vakuum des Möglichen
in das kein Stachel
der Notwendigkeit mehr drang
die Sympathisanten
ferner Kämpfe der Klassen
verbannten den Zweifel
und pochten stattdessen auf
Sprachbarrieren

Die Anbeter
spontaner Unmittelbarkeit
fühlten sich zunehmend wohl
im Reich der Abstraktionen
als Repräsentanten der universellen
Kritik
waren sie für nichts verantwortlich
als für sich selbst
auch wenn es schien
dass alle Welt
nur auf sie wartete

Ich geselle mich zu denen
die sich schwer tun
beim Verändern ihres Alltags
sie hatten mehr verdient
als die kalte Schulter des Zweifels
mit ihnen gemeinsam
muss man weiterhin versuchen
die Knäuel der Subsysteme zu
entwirren
damit ein wenig mehr Raum
entsteht
zum Leben oder auch nur zum
Träumen

(1975)

(Ohne Titel)

Von euren Städten wird bleiben
nicht einmal der Name
durch sie gehe ich hindurch
flüchtig wie ein Luftzug
man sieht euch an
wie angegriffen ihr seid
mit eurer Christussprache
ohne Sinnlichkeit
ich habe es satt mitzuspielen
nach euren Regeln
ich liege schwer auf
selbst der Tod ist zu wenig dauerhaft
ich weiß wirklich nicht
worauf ich warte

Die weiße Wolke fliegt davon
ohne Wiederkehr
mein Vers ist verkrüppelt
Sätzchen trippeln dahin
und vermögen nichts
verteilt nur eure Zensuren
im Großen und Ganzen reaktionär
untypisch und ohne Tendenz
gefangen im Mythos der Klassiker
Kunst als Ekstase des Alltags
vermag nichts

gegen eine stinkende Zwiebelsuppe
oder Mörder in Frack und Haarspray
ich weiß wirklich nicht
worauf ich warte

Ideale liegen als Pfand in den Hurenhäusern
schaut sie euch an
die Pilger des Schönen
die sich hundert Jahre zu spät bequemen
die Impressionistenfamilie zu vergöttern
dabei ist die Taube nicht mehr
als ein Parasitenträger
und die Tänzerin hat einen Klumpfuß
und Pablo mit den schwarzen Augen
ist ein Schelm
während die Bourgeoisie
längst Waffen geschmiedet hat
die sie gemächlich altern lässt
ich weiß wirklich nicht
worauf ich warte

Nur ein Scharlatan
setzt noch auf Reime
missbraucht wieder und wieder
gleichsam wie Drogen
vernebeln sie alles
wie viel schöner doch
klingt Nachtigall
als Klassenkampf
ich habe sie satt

die Narren des Scheins
stattdessen sitze ich
dem Götzen Unmittelbarkeit auf
wirklich
ich weiß nicht
worauf ich warte

(1975)

Herbst

Blätter
verdecken den Schmutz der Straßen
die früher die Strahlen der Sonne brachen
Bänke
auf denen Menschen saßen
stehen verlassen

Ein Mensch
steht stumm am trüben Teich
der nicht mehr muntre Farben spiegelt
komm Alter
noch bevor der Tag sich neigt
gehe auch du

(1966)

(Ohne Titel)

Es gibt Tage
da wecken die gedemütigten Leiber
der Unterdrückten
in mir nur Bitternis

Es sind Tage
an denen alles
wie versteinert wirkt
jede Leidenschaft vernichtet

Aber danach
wird von Erschöpfung
nichts zu spüren sein
denn viel bleibt zu tun

Solange will ich vergessen
dass ich müde bin vor Trauer
denken und kämpfen
Tag um Tag

(1973)

Auf der Suche

Als man mich fragte
wohin mein Weg führe
sagte ich: ins Leben

Als man mich fragte
wie es damit stehe
sagte ich: man muss suchen

Als man mich fragte
was ich gefunden habe
sagte ich: die Liebe

Als man mich fragte
ob ich ganz sicher sei
sagte ich: ich sehe ein Licht
einen Weg sehe ich nicht

(1968)

Morgenstimmung

Der erste Gedanke
erwachende Gefühle
deine warme Hand
aufkommende Sicherheit
dein Atem
dein Blick
dein Lächeln
das erste Einvernehmen
der erste Wohlklang
wohltuende Kühle
erfrischende Wärme
der leichte Glanz in deinen Augen
stummer Ausdruck einer Liebe
die erste Umarmung
Glück!

(1968)

Frühling

Ich suchte, was ich lange nicht suchte
eine rührende Begegnung
ein verstehendes Schauen und Empfinden

Ich sah, was ich lange nicht sah
eine ruhelose Feierlichkeit
ein würdiges Enden und Beginnen

Ich erlebte, was ich lange nicht erlebte
eine fühlbare Hingabe
ein sehnendes Lauschen und Erfinden

(1968)

Hoffnung

Als ich noch kaum zu leben wusste
sagten sie: seht, es ist einer von uns.
Das gesenkte Haupt, der gleichgültige Gang
ist uns eigen.

Als ich noch kaum zu hoffen begann
sagten sie: seht, noch ist er einer von uns.
Der unruhige Blick, das zuckende Gesicht
ist uns bekannt.

Als ich noch kaum zu träumen begann
sagten sie: seht, es ist keiner mehr von uns.
Der fragende Blick, der suchende Mund
Unterscheidet uns.

Als ich noch kaum zu lieben begann
sagten sie: seht, auch er war einer von uns,
sein erfüllter Traum, sein überzeugender Ton
lassen uns hoffen.

(1969)

Abschied

Noch ist Zuversicht
wo Gefühle abklingen
dringt das Vergehende hervor

Noch ist Anwesenheit
wo Blicke flüchtiger werden
suchen Hände vergeblich nach Halt

Noch ist Licht
wo Gedanken abschweifen
suchen wir die Richtung allein

Noch ist Trost
wo Sehnsucht nach Erfüllung lechzt
regt sich längst ein neuer Traum

(1969)

Warten

Du kommst
nichts bleibt wie es war
das Verborgene liegt offen

Du bist
nur ein wenig ruhen
doch Liebende ruhen nicht

Du gehst
was kann mich trösten
Leere breitet sich aus

Du bleibst
alles was bisher war
geschah für diesen Tag

(1969)

Immer dann

Ungerufene Lichter
Mein Blick sinkt

Entleert sitze ich
empfange ohne Anteilnahme

Endlich Nebel
hell wie die Nacht
steigt auch hier

An diesem Ort
wo wir das Getrenntsein
zu Ende kosten

(1968)

Liebesgesang
(nach einem Sonett von Shakespeare)

Soll ich dich einem Sommertag vergleichen
holdseliger und milder noch bis du
obwohl durch Bäume leichte Winde streichen
geht unsre Liebe keinem Ende zu.
Oft glüht der Sehnsucht Auge gar zu heiß
dein strahlend Blick verdeckt des Dunkels Spur
was ich mit allen Sinnen weiß
hält stand dem Wandel der Natur.
Und schwindet einst auch unsres Glückes Pracht
das was du Stolzes hast, wird ewig weilen
du wirst nicht wandeln in des Zweifels Nacht
weil du verewigt bist in diesen Zeilen.
Solange Menschen atmen, Augen sehn
Lebt mein Gedicht, in ihm wirst du bestehn.

(1969)

Signale

Kein Verweilen, keine Tiefe
wo sich Leben ziellos regt.
Kein Verlangen, keine Sehnsucht
keimt in dieser Finsternis.

Wie soll hier noch Zukunft werden,
wo selbst Leid sich kaum erfährt.
Wie soll hier noch Trost entstehen
wo nur Trauer aus uns spricht.

Doch – auch heimliches Verzweifeln
deutet noch auf Leben hin.
Auch die stummen, dumpfen Klagen
dröhnen – wenn man sie versteht.

(1969)

Nichts als Worte

Kunst als Ekstase des Alltags
ist eine Erfindung der Bourgeoisie
missbraucht wieder und wieder
sie verändert nichts
stattdessen haben die Herrschenden
Waffen geschmiedet
die sie gemächlich altern lassen

Sätzchen trippeln dahin
und vermögen nichts
gegen Mä/ö?rder in Frack und Haarspray
man merkt wie angegriffen sie sind
in ihrer Christensprache
bar jeder Sinnlichkeit

Die weiße Wolke rast davon
ohne Wiederkehr
ich weiß noch immer nicht
worauf ich warte
die Ideale der Kunst
liegen als Pfand in den Hurenhäusern
Pablo mit seinen schwarzen Augen
Ist ein Schelm
die Taube ist ein Parasitenträger
und die Tänzerin hat einen Klumpfuss
jedem Scharlatan sein Pläsier

Hundert Jahre zu spät
wurde die Impressionistenfamilie entdeckt
Kritiker - gefangen im Mythos der Klassiker
Versagten ihnen ihre Gunst
sie frönten dem Mythos der Klassiker
erklärten sie für untypisch
und ohne Tendenz
ja sogar für reaktionär
nur den Toten gebührt ewiger Ruhm
besuchen sie das Kloster S. Remy Madame
und dann lassen sie sich einäschern
damit wäre uns allen gedient

(1971)

Walking Around

(nach Pablo Nerudas gleichnamigen Gedicht)

Es geschieht, dass ich müde bin
ein Mensch zu sein
ich fliehe vor dem glänzenden Asphalt
vor Geschäften und Frisiersalons
in die tristen Kneipen der Vorstädte
in die ich eintrete mit welkem Gesicht
undurchdringlich und von lächerlichem Ernst

Ich kann keine Frauen mit gepuderten Frätzchen
und Schleifchen im Haar mehr sehen
wo ich selbst meine eigenen Hände satt habe
ich schaue in Spiegel und sehe nur Schatten
dann sehne ich mich
nach einem großen schwarzen Hund
mit sanftem Blick
mit dem ich durch die Straßen gehe
und dabei schreie bis zum Erfrieren

Dabei wäre es köstlich
mit einer gezückten Lilie
ein Fräulein zu erschrecken
oder mit einem Trommelwirbel
ein Haus zum Einsturz zu bringen
auf regennassem Kopfsteinpflaster gehen
mit geschlossenen Augen

taumelnd ausgebreitet und schaudernd
vor Kälte
nichts mehr aufsaugen
nichts mehr denken
und Tag für Tag nur essen

An solchen Tagen
weine ich vor Scham und Entsetzen
wie ein Gehetzter irre ich umher
voller Wut und Vergesssen
inmitten von Regenschirmen
und Benzingestankwarte ich
unter herabstürzenden Blättern
auf die Dunkelheit
und das Vergehen der Zeit

Und doch möchte ich
mit den kaputten Dingen reden
und die verwesten Münder aufreißen
und dem Unglück
die Finger um die Gurgel legen
nur nicht länger allein sein
wie ein verlassener Nachtvogel
an diesen Tagen
wo ich müde bin
ein Mensch zu sein

(1974)

V. Brief-Auszüge

(An meinen Deutschlehrer Manfred Peter)

Die besten Grüße von Petra und mir an Sie und Ihre Familie. Wir denken oft an Sie und hoffen, dass Sie die insgesamt doch wohl schwere Zeit in Kolumbien weiterhin gut überstehen.

Danke, dass Sie mir den Brief Th.W. Adornos an den hessischen Kultusminister kopiert haben, in dem er sich lobend über die Institution ‚Hessenkolleg' äußert. Dass er schreibt, sein Eindruck von einer Diskussion mit Kollegiaten sei *ganz außerordentlich gewesen und dass diejenigen, die sich an der Diskussion beteiligten und zwar sehr viele, haben viel geistige Freiheit, Sachlichkeit und unerschrockene Energie gezeigt, wie ich sie unter Universitätsstudenten nur selten, eigentlich nur im engsten Kreis des philosophischen Oberseminars antreffe,* sollte Ihnen nachträglich eine schöne Bestätigung und Anerkennung auch für Ihr Wirken am Hessen-Kolleg sein. Zumindest unsere Diskussionen fanden stets in einer ähnlichen Atmosphäre statt, und dafür danke ich Ihnen nochmals.

Petra und ich haben ein arbeitsreiches Semester hinter uns. Das Projekt *‚Alltagsbewusstsein und Klassenbewusstsein'* ist nach vielen

Anfangsschwierigkeiten doch ein Stück vorangekommen. Es läuft noch zwei Semester und ich habe meine Stelle bis dahin verlängert bekommen. Dann ist hier endgültig Schluss, und was danach kommt, ist völlig ungewiss

Die Arbeit an der Uni war – bei aller Problematik – doch wichtig für mich. Einmal wegen des Lerneffekts, aber auch wegen einiger Kontakte. In dieser Hinsicht tun Petra und ich uns etwas schwer. Wir leben hier in Bremen ziemlich isoliert, was allerdings nicht nur Nachteile hat.

Gegen Ende des Semesters habe ich für einen Sammelband *Materialismus,* der Aufsätze westlicher Marxisten enthält, einen Beitrag mit dem Titel *Ansätze zur Politischen Ökonomie des Alltagslebens* geschrieben.
Im Gegensatz zum Buch über die *Staatstheorie des Marxismus* ist es mir in dem Aufsatz gelungen, gelöster und problembezogener zu diskutieren. Mir ging es darum, die wesentlichen Kategorien der Politischen Ökonomie von Marx mit den alltäglichen Erfahrungen der Arbeiter zu vermitteln. Mir ging es darum, zu zeigen, dass in der alltäglichen Arbeits- und Lebenssituation des Proletariats alle objektiven Bedingungen für die Entwicklung von Klassenbewusstsein bereits *sinnfällig* vorhanden sind. Aber es gilt, dieses sich *naturwüchsig*

reproduzierende Alltagsleben als *veränderbar* darzustellen.

Dazu bedarf es der *dialektischen Dechiffrierung.* Diesen Begriff hat *S.M. Eisenstein* in seinen Notizen zur Verfilmung des Marxschen *Kapital* (verwendet?). Auch ihm ging es darum, das *Banal-Alltägliche* mit dem geschichtlichen Prozess zu verbinden.

Ähnliche Versuche, dass Alltägliche zu transformieren, haben *Brecht* und *Serge Tretjakow* unternommen. Brechts Konzeption des *eingreifenden Denkens als eines sozialen Verhaltens* liegt ja seinem gesamten künstlerischen Schaffen zugrunde. In seinem Text *‚Die Arbeit des Schriftstellers'* schreibt er: *Das eingreifende Denken zielt auf die Einteilung, Anordnung und Betrachtungsweise der Welt, die durch Aufzeigen ihrer umwälzenden Widersprüche das Eingreifen ermöglicht.*

Und Tretjakow verlangt vom Schriftsteller die *operative Beziehung* zum Stoff des Alltagslebens. *Operative Beziehung nenne ich die Teilnahme am Stoff des Lebens selbst. Grob gesagt: eine wichtige Sache ,auszudenken', ist belletristischer Novellismus; eine wichtige Sache ,zu finden', ist Reportage; eine wichtige Sache ,aufzubauen', ist Operativismus. Der Arbeiter am Sozialismus, mit literarischem Können ausgerüstet – das ist der Ausgangspunkt der neuen Literatur.*

Wichtig scheint mir, in der *Kunst,* aber auch in der *Literatur, Musik* und im *Film,* Erkenntnismittel zur

Veränderung des Alltags zu sehen. Unter den gegebenen gesellschaftlichen Bedingungen ist eine derartige Perspektive zur Zeit kaum vorstellbar. Dennoch habe ich versucht, die Zeit von der Anfangsphase der BRD bis zur Studentenbewegung in einem Poem mit dem Titel *Biographie der Dinge* darzustellen. Der Titel ist von Tretjakow entlehnt, der damit eine Konzeption meinte, die hinter den vordergründigen Ereignissen die Genesis kapitalistischer Produktionsverhältnisse sichtbar macht. Meinen Text füge ich bei.

(1969)

(an Petra)

... Es kann kein Zweifel daran bestehen, dass ich an dem Tage, an dem ich einen Weg aus diesen versteinerten Verhältnissen sehe, mit aller Entschlossenheit und allem Zorn aufstehen werde, um die Zustände zu ändern. Wogegen ich mich wehre (und das sollte mein kleiner literarischer Versuch zeigen) ist, dass man heute ein Bild der Arbeiter entwirft, das so gar nicht zur Realität passt. Die Arbeiter sind nicht die Avantgarde der Menschheit. Sie haben einen gewissen *Klasseninstinkt,* aber ihnen fehlen die theoretischen Einsichten in die gesellschaftlichen Verhältnisse. Deshalb brauchen sie eine Führung und Anleitung. Aber nicht im Sinne einer Bevormundung, sondern eines organisierten Lernprozesses, der zu Selbsterkenntnis ihrer Lage führt und dazu beiträgt jeden Fatalismus zu überwinden.
Wenn die linken Studenten glauben, die Arbeiter vor ihren ,revolutionären Karren' spannen zu können, haben sie sich (aus vielen Gründen) geirrt. Und ich glaube, dass die Leute, in deren Hirn heute revolutionäre Theorien ausgesponnen werden, aus allen Wolken fallen werden, wenn der Sturm losbricht, von dem sie träumen.

Brecht sagt: *Nicht was man glaubt ist wichtig, sondern was man weiß. Die Menschen glauben viel zu viel und wissen viel zu wenig. Darum muss man selber alles ausprobieren, mit eigenen Händen, und nur von dem sprechen, was man mit eigenen Augen gesehen hat.*

(3.4.1968)

(von Petra)

... Außerdem glaube ich, dass sich langsam aber sicher für mich abzeichnet, was Du Dir gewünscht hast: dass ich mich stärker für *Kunst* interessiere. Du sagtest, das Bedürfnis nach Kunst sei etwas, das uns verbinden würde. Ich bin überzeugt, dass es so sein wird. Sie könnte ein Medium sein, das unsere Verbundenheit stärkt. Was uns mit den Meistern verbindet, ist die phantastische Konkretheit, die konkrete Utopie.

Immer wieder finden wir vieles davon bei *Kafka*. Er fürchtete nicht so sehr den nackten Zwang, sondern die Entmutigung durch seine Umgebung, die Gewalt der unmerklichen Einflüsse, die Gewöhnung an Enttäuschungen; gegen diese Erfahrungen kämpfte er an. Dies wird auch immer unser Kampf sein! Auch Kafka sieht ein Licht, einen Weg sieht auch er nicht. Er schrieb: *Der Tunnel ist so lang, dass man den Anfang nicht mehr sehen kann und das Ende des Tunnels nur zu erahnen ist.*

Noch etwas Erfreuliches wollte ich Dir sagen: Ich habe Papa unsere *Büchner-Arbeit* zum Lesen gegeben, und er hat sich zu meiner Freude sehr gründlich damit befasst (ohne den *Danton oder Büchner* zu kennen). Anschließend nahm ich die Gelegenheit wahr, ihn noch ausführlicher in die Thematik einzuweihen. Er urteilte mit echter

Begeisterung und hat sich, stell' Dir vor, die Stelle von der *Realität der Phantasie, des Traumes und der Utopie* herausgeschrieben.

Heute Morgen habe ich ganz aufgeregt Deinen Brief erwartet. Gestern klang Deine Stimme so befreit, so erleichtert. War es dieses schmerzliche Erlebnis, das Du so dramatisch als Relation von *Kunst und Realität* beschrieben hast? Dahinter steckt wohl die Erkenntnis, dass Kunst vor allem unter derartigen Realitätsbedingungen entsteht.

(27.5.1969)

(von Petra)

Ich habe einen zufriedenstellenden Lesetag hinter
mir (Cagin: Der subjektive Faktor und Lefèbvre I).
Meine Aufzeichnungen habe ich Dir abgetippt.
Außerdem bringe ich Dir die ‚Biografie der Dinge'
mit, nachdem ich sie mir mitsamt des Manuskripts
noch einmal gründlich angesehen habe. Ich bringe
sie Dir, weil Du noch Ergänzungen einarbeiten
wolltest. Auch habe ich versucht, unseren ‚Paris-
Aufenthalt' festzuhalten; sorge bitte noch für einige
Abrundungen.

Ich warte schon jetzt auf Dich, obwohl ich weiß,
dass Du erst in drei Stunden kommen wirst.
Du hast heute die Korrektur der Druckfahnen eures
Buches weitergetrieben – eine wirklich nicht sehr
erquickende Arbeit – zumal, da Dir immer wieder
inhaltliche Einwände kommen. Den ganzen Tag
habe ich stark an Dich gedacht, ob Du es wohl
einigermaßen befriedigend hinbekommst. Eines
möchte ich Dir sagen: ich finde Deine Arbeit nach
wie vor gut und wichtig sowie logisch und schlüssig
aufgebaut. Deine Selbstzweifel und die Angst, die
eine Veröffentlichung – zumal die erste – mit sich
bringt, kann ich wohl einigermaßen nachempfinden.
Bewahr Dir aber auch in dieser Hinsicht ein gutes
Stück Selbstbewusstsein und die nötige Distanz,
vielleicht auch einen gewissen Trotz – gerade, wenn
Du an Deine Generation, die Gießener Tuis denkst.

Dass Du den Stoff heute schon wieder ganz anders verarbeiten würdest – das ist ein gutes Zeichen. Das heisst aber noch lange nicht, dass alles, was man gestern gedacht und geschrieben hat, nun plötzlich weniger relevant ist. Völlig klar ist, dass Dir das Staatsthema aufgrund der langen Beschäftigung damit bei kleinem zum Halse raus hängt. Insofern bist Du gar kein Maßstab für die Beurteilung Deiner Arbeit, und es ist gut, dass sie jetzt in andere Hände kommt; zunächst in die von Suhrkamp.

Was Deine Promotion angeht, so halte ich das Thema ‚Alltagsbewusstsein' für unbedingt lohnenswert; in erster Linie für Deine Interessenlage, Deine Vorkenntnisse, was Literatur und Marx und einen materialistischen Ansatz angeht.
Ich kann das Keynes-Thema zwar nicht ganz überschauen; dennoch würde ich Dir raten, dass erstere zu nehmen; es hat größere praktische Relevanz! Wenn Du die Suhrkamp-Angelegenheit weg hast, musst Du Dir alles noch einmal durch den Kopf gehen lassen.
Auf unseren Urlaub in diesem Sommer freue ich mich schon jetzt. Ich fahre überall mit Dir hin.

(11.2.1975)

Epilog

An diesem schönen Herbsttag will ich mich Dir ein wenig mitteilen. Die Sonne scheint durch die geöffnete Tür bis ins Arbeitszimmer hinein. Die Blätter der Bäume zittern im leichten Wind. Meine vertraute Unordnung umgibt mich. Ab und zu dringt das Hämmern der Handwerker herüber. Geradezu rhythmisch; es gehört schon fast dazu. In mir ist eine kleine Wehmut, aber auch viel Zutrauen.

Beim Stöbern in den alten Briefen bin ich viele der Wege noch einmal gegangen, die wir zurückgelegt haben. Wie viel Emphase und Kraft aus den Briefen spricht. Wie missionarisch wir doch waren. Vielleicht haben wir auch ein wenig bewegt, Mut und Kraft weiter gegeben.
Zunächst meinte ich, dass mich alles nur peinlich berühren würde. Aber so ist es nicht. Es hat mich seltsam aufgebaut. Ich empfinde überwiegend eine gewisse Genugtuung, wenn ich mir vergegenwärtige, wie wir an viele Dinge heran gegangen sind. Die Briefe spiegeln ein durchweg hohes Reflexionsniveau wider. Es trieft nicht alles nur von Gefühlen, sondern eher von Enthusiasmus und Willen. Wir befinden uns auf der Höhe der Zeit: der politischen, ästhetischen, philosophischen Diskussion. Aus heutiger Sicht lassen sich erstaunliche Kontinuitäten feststellen; auch was uns angeht.

Du hast die Liebe, die Wärme und das Licht in mein Leben gebracht. Bis dahin wusste ich nicht wohin mit meinen chaotischen Gefühlen, meiner Aggressivität, meiner Ungeduld. Mein Leben hatte keine Richtung, kein Zentrum, kein Maß. Ich, der ich so ruhig auf andere wirkte, war ein wandelndes, emotionales Pulverfass. Zu ungeschliffen für vieles; zu unfertig für die Kunst, aber auch für die Politik und Wissenschaft. Durch Dich habe ich erst zu mir gefunden. Auf eine umfassende Weise. Du hast mir zugehört, mir geantwortet, mir Mut gemacht und Zuversicht vermittelt. Zusammen haben wir viele Entdeckungen gemacht, uns Vertrauen geschenkt, an Sicherheit gewonnen, uns gegenseitig geformt. Dieser Prozess hält bis heute an.

Ich habe mich oft gefragt, wieso wir sobald wussten, dass wir füreinander geschaffen waren. Vielleicht deshalb, weil eine bestimmte Vorstellung oder ein Bild von dem schon vorher da war. Dies würde meiner Herangehensweise an vieles entsprechen. Sich lange ein Bild ausmalen, es wieder und wieder vor Augen haben, eine Vorstellung davon durchleben, es in eine Kommunikation überführen und nach einer Entsprechung in der Wirklichkeit Ausschau halten oder diese der Idee gemäß umformen. Vielleicht ist dieses Zusammenspiel von *Wille und Vorstellung*' der Realität viel näher als viele rationale Konstruktionen. Auch in die Bilder, die man sich vorstellt, fließt ja Realität ein; man modifiziert sie ständig, arbeitet an ihnen und lässt sie wirklich werden. So ist es auch beim Schreiben, wenn ich über bestimmte Sachverhalte nachdenke, formuliere und versuche, vorweg zu nehmen, was auf mich zukommt.

Angaben zur Autor

Joke Frerichs; Jahrgang 1945; Dr. rer. pol.; Studium der Philosophie, Soziologie, Politikwissenschaft und Germanistik.

Veröffentlichungen u.a.:
„Zugänge. Wie man aufwächst, so denkt man" (2005); „Begegnungen" (2007); „Selbstgespräche. Gedichte und Poeme" (2010); „Opas Welt. Erinnerungen an meinen Opa und meine Kindheit in Emden" (2011); „Die Mission", Roman (2011); „Einfach mal drauflos fahren – Episoden von Reisen" (2013, 2. Aufl. 2014); „Gespräch mit einem langen Schatten", Roman (2013); „Das Leuchten der Stille". Ausgewählte Gedichte (2014); „Das Haus des Dichters", Roman (2016); „Inside out. Die Welt lässt sich nicht umarmen", Journal der Jahre 2005-2015; „Die Schatten werden länger", Journal 2016; „Kontinuitäten und Brüche. Versuch einer Selbstbeschreibung" (2017); „Gegenblende", Journal 2017; „Flugsand", Journal 2018; „Intervalle", Journal 2019; „Farewell", Journal 2020; „Weitermachen", Journal 2021; „Zeit der unverhofften Bilder", Roman (2020); „Zimmerschied. Eine Oase im Grünen" (2021); „Gelebte Alltagskultur. Episoden aus dem Basil's" (2021); „Weitermachen", Journal 2021; „Besuch beim Philosophen" (2022); „Hieronymus im Gehäuse. Der Dichter, sein Haus und sein Radio" (2022);

„Schattenleben" (2022); „Fallobst" (2022); "Streuwiesen. Ein Lesebuch" (2022); „West-Nord-Passage", Journal 2023; „Ortswechsel – Orte, Umgebungen, Wohnungen" (2023); „Stelldichein der Literaten" (2023).

Zusammen mit Klaus Frerichs: „Einer schreibt, einer malt. Zwei Brüder aus dem Emder Arbeitermilieu finden ihren Weg" (2017).

Zusammen mit Petra Frerichs: „Lesespuren. Notizen zur Literatur" (2011); „Leben braucht keine Begründung. Zum literarischen Werk von Dieter Wellershoff" (2012); „Literarische Entdeckungen. Vergessene und neu gelesene Texte" (2012, 2. Aufl. 2018); „Mit Bildern erzählt. Gemälde und Zeichnungen von Klaus Frerichs" (2013); „Leben und Schreiben – was sonst? Ein Streifzug durch die Werkausgabe von Dieter Wellershoff" (2014); „Das Mysterium der Suche" (2014); „Dieter Wellershoff. Eine Begegnung der besonderen Art" (2019).

Beide schreiben für den *Blog der Republik*.

Weitere Informationen unter:
www.joke-frerichs.de